Nora Phillips

Spiel des Terrors

SPOT – Special Operations Team

Nora Phillips

Spiel des Terrors

SPOT – Special Operations Team

Thriller

Bibliografische Information der Deutschen Nationalbibliothek:
Die Deutsche Nationalbibliothek verzeichnet diese
Publikation in der Deutschen Nationalbibliografie;
detaillierte bibliografische Daten sind im Internet
über http://dnb.dnb.de abrufbar.

Lektorat: Anke Kott
Korrektorat: Hannah Schink
Coverdesign: Wolkenart - Marie-Katharina Becker
www.wolkenart.com

Verlag: BoD · Books on Demand GmbH, Überseering 33,
22297 Hamburg, bod@bod.de
Druck: Libri Plureos GmbH, Friedensallee 273,
22763 Hamburg

ISBN: 978-3-7693-5136-1

Der beste Weg herauszufinden,

ob man jemandem vertrauen kann,

ist ihm zu vertrauen.

- Ernest Hemingway -

1

Vor einem Jahr

Francis Carley lief gut gelaunt den Flur des Anwesens entlang. Die Verhandlungen mit dem neuen Lieferanten für das Restaurant waren schneller als erwartet und überraschend positiv zu Ende gegangen, sodass er den Rest des Tages mit Eve verbringen konnte. In der Hand hielt er einen riesigen Strauß roter Rosen, den er gleich seiner geliebten Frau überreichen wollte. Heute war ihr Hochzeitstag, und er hatte sich eine kleine Überraschung für den Abend überlegt. Doch dank der zügig verlaufenen Verhandlungen konnte er sie schon jetzt zu einem späten Mittagessen in der Stadt treffen.

Francis wischte sich einen Schweißtropfen von der Stirn. Zum Glück waren sowohl der Wagen als auch das Restaurant klimatisiert. Um die Mittagszeit zog man sich für gewöhnlich ins Innere des Hauses zurück, um der Hitze in Teheran zu entgehen. Niemand, der nicht musste, war im Freien unterwegs. Umso überraschter war er, dass er auf dem Weg nach draußen die wütende Stimme seines Vaters, Lord Carley, im Innenhof hörte.

„Es ist mir vollkommen egal, wie du das anstellst. Ich stehe unter immensem Druck, weil ihr euren Aufgaben nicht nachkommt. Meine Kunden haben bezahlt und erwarten ihre Ware."

Eine zweite Person erwiderte etwas, das Francis nicht verstehen konnte. War das die Stimme seines Freundes Amir gewesen? Er ging durch ein schmales Tor in den Innenhof und wollte sich gerade bemerkbar machen, da hörte er: „Sorg dafür, dass die Waffenlieferung den Zoll passiert, und sollte es irgendeine Verzögerung geben ..."

Die Stimme seines Vaters wurde so leise, dass Francis nicht hörte, was weiter gesprochen wurde. Doch das war nebensächlich. Schockiert machte er ein paar Schritte rückwärts. Er tastete nach der Wand und lehnte sich dagegen. Sein Herz raste so sehr wie seine Gedanken. Was um Himmels willen hatte sein Vater eben gesagt? Hatte er sich verhört? Vorsichtig beugte er sich nach vorn. Er sah, wie sein Vater den stellvertretenden Geschäftsführer des örtlichen Carley-Group-Hotels, Amir Karami, am Kragen seines Leinenhemds packte. Mit ein paar gezischten Worten, die Francis nicht verstand, ließ sein Vater Amir schließlich los. Dieser straffte die Schultern. „Es wird keine weiteren Verzögerungen mehr geben. Die Marschflugkörper sind auf dem Weg und werden heute Abend in den Container verladen. Der Zoll macht keine Schwierigkeiten."

Amir deutete eine respektvolle Verbeugung an und verließ dann rasch den Innenhof. Francis suchte nach einer Möglichkeit, sich zu verstecken, war jedoch nicht schnell genug und wurde von Amir entdeckt.

„Das hättest du besser nicht getan, mein Freund." Der Blick, den Amir ihm zuwarf, drückte ein Bedauern aus, das Francis nicht einordnen konnte.

„Was zum Teufel geschieht hier?" Fassungslos schaute er den Mann an, den er seit vielen Jahren zu seinen engsten Freunden zählte.

„Nichts, was dein Leben jemals hätte berühren sollen, mein Freund! Sprich ihn nicht darauf an, ich bitte dich, sondern lebe weiter wie bisher. In Sicherheit und mit deiner wundervollen Frau an deiner Seite."

Mit einem Lächeln, das seine Augen nicht erreichte, lief Amir weiter. Francis fühlte sich, als sei er mitten in einen Sturm geraten, der ihn mit sich riss und alles durcheinanderwirbelte. Die Warnung seines Freundes ignorierend, stürmte er auf seinen Vater zu.

„Was geht hier vor, Dad?"

Lord Carley drehte sich zu ihm um. Keine Regung war in seinem Gesicht zu sehen, was Francis noch wütender machte.

„Ich verlange eine Erklärung. Wie kannst du …"

„Du verlangst?", unterbrach Lord Carley ihn. „Dein Job ist das Hotel. Alles andere geht dich nichts an."

Francis Augen weiteten sich entsetzt. „Du hast von einem Waffengeschäft gesprochen!"

„Beruhige dich und gehe ins Haus zurück, Francis!"

Die Stimme seines Vaters klang kalt und gefühllos, was Francis nur noch mehr in Rage brachte.

„Ich bin nicht mehr das Kind, das du auf sein Zimmer schicken kannst!"

Sein Vater packte ihn überraschend hart am Oberarm, zog ihn mit sich ins Haus und bis in dessen Arbeitszimmer. Francis spürte, dass er seine Wut kaum unter Kontrolle bekam. Wut, die mit einer Menge Unglauben und Unsicherheit gepaart war. Er atmete durch und versuchte, seine Stimme ruhig klingen zu lassen.

„Was hast du mit dem Verkauf von Waffen zu tun?"

Sein Vater wandte ihm den Rücken zu und schenkte sich in aller Ruhe einen Whisky ein.

„Ich sage es dir ein letztes Mal: Halt dich da raus und vergiss, was du mitbekommen hast. Es geht dich nichts an, Francis."

„Und ich sage erneut: Ich bin kein kleines Kind, das du einfach so wegschieben kannst. Verdammt, ich führe einen Teil unserer Hotelkette und lebe mit meiner Frau und dir unter einem Dach! Ich habe ein Recht darauf, zu erfahren, was hier läuft!"

„Du hast ein Recht darauf, dich hier herauszuhalten. Nicht alle meine Geschäfte gehen dich etwas an."

„Die Hotels sind das Familienerbe. Und Amir ist einer unserer Geschäftsführer. Ich dulde nicht, dass du ihn in irgendwelche illegale Machenschaften hineinziehst!"

Sein Vater lachte auf und drehte sich zu ihm.

„Du hast doch keine Ahnung, worum es hier geht, also halte mich nicht mit deinen lächerlichen Vorträgen auf."

Francis riss ungläubig die Augen auf. Wie um alles in der Welt sollte er sich einfach abwenden und alles Gehörte vergessen? Er machte einen Schritt auf seinen Vater zu. „Amir wird mir sicher meine Fragen beantworten!"

„Das wirst du nicht tun, Francis!" Die Stimme seines Vaters war so schneidend kalt, wie er es noch nie erlebt hatte.

„Du glaubst doch nicht im Ernst, dass ich das einfach so ignoriere. Es geht hier um meine Frau, unsere Familie, unsere Hotels. Wie soll ich da wegschauen?"

„Du sagst es, *mein Sohn*. Es geht um *unsere* Familie, *unsere* Hotels und um *deine* Frau. Also erwarte ich Loyalität von dir und dass du dich jetzt zurückhältst."

„Um deine verdammten Machenschaften mitzutragen? Niemals."

Nach einigen Sekunden der Anspannung zuckte Lord Carley plötzlich mit den Schultern und seufzte.

„Also gut, wir werden später in Ruhe sprechen, wenn du dich abreagiert hast. Denk daran, du bist mit deiner Frau verabredet. Genieß die Zeit mit ihr und wir reden danach."

Irritiert von dem plötzlichen Einlenken seines Vaters gab Francis schließlich nach.

„Gut, sprechen wir heute Abend."

Lord Carley fixierte ihn mit einem ungewöhnlich langen Blick. Francis runzelte die Stirn. Die Reaktion seines Vaters verwirrte ihn. Da er jedoch tatsächlich mit Eve verabredet war und diese es gar nicht mochte, wenn er zu spät kam, würde das klärende Gespräch eben warten müssen.

Auf dem Weg nach draußen sah er seinen Vater zum Telefon greifen.

2

Gegenwart

„Du willst das ohne mich durchziehen?" Ungläubig drehte sich Phil zu Alec um.

Dieser stopfte in aller Ruhe seine Jacke in die Reisetasche und schloss mit Nachdruck den Reißverschluss.

„Es geht nicht darum, was ich will, sondern was der Arzt zu deiner Schulter gesagt hat. Und seine Antwort war eindeutig!"

Gereizt griff sich Phil an die linke Schulter. Sicherlich, völlig schmerzfrei und belastbar war sie noch nicht, aber um das Team im Stich zu lassen, war er bei Weitem nicht angeschlagen genug.

„Ich verstehe deinen Frust, Phil, aber das ist es nicht wert, dass du deine Gesundheit aufs Spiel setzt. Fünf Tage Dauerbelastung mit voller Ausrüstung sind zu riskant! Zudem sind wir ja erstmal nur auf Stand-by. Es ist noch lange nicht sicher, dass der Einsatz überhaupt stattfindet." Alec ging hinüber zum Tisch und schaltete seinen Laptop an.

Phil fuhr sich mit den Händen übers Gesicht.

„Sorry, du hast ja recht. Ich bin nur genervt, dass ich noch länger aus dem Verkehr gezogen wurde!"

„Das weiß ich." Alecs verständnisvolles Nicken wich einem spöttischen Grinsen. „Soweit ich gehört habe, wirst du dich aber sicher nicht langweilen. Sergeant *Huffy* sucht dringend Unterstützung. Du wirst dich prächtig amüsieren."

Phil stieß ein Brummen aus. Das würden wahrlich heitere Tage für ihn werden. Der Ausbilder war ein leicht reizbarer Zeitgenosse, was ihm den Spitznamen *Huffy* eingebracht hatte. Sein Sinn für Humor war so ausgeprägt wie Phils Talent, Spitzendeckchen zu häkeln. Offenbar standen ihm seine Gedanken ins Gesicht geschrieben, denn Alec lachte auf. „Ich würde ja gerne sagen, nimm es mit Humor, aber den solltest du dir besser verkneifen."

Alec öffnete mit einer Hand sein E-Mail-Programm im Laptop und überprüfte mit der anderen die Nachrichten auf seinem Handy. Sein Lächeln ließ Phil vermuten, dass eine von Lynn dabei war. Seit diese in Alecs Leben getreten war, wirkte sein Freund viel zufriedener, war glücklich. Die beiden ergänzten sich auf eine besondere Weise. Trotz aller Unterschiede waren sie einander ebenbürtig. Dass sie sich aufeinander verlassen konnten, hatte die jüngste Vergangenheit eindrücklich gezeigt. Sein Boss und gleichzeitig engster Vertrauter konnte sich wirklich glücklich schätzen, so eine Frau an seiner Seite zu wissen. Wie so oft, wenn er über die Beziehung seines besten Freundes nachdachte, hatte Phil das Gefühl, dass sich eine gewisse Leere in ihm breitmachte. War es das, was ihm fehlte? Eine Beziehung auf Augenhöhe? Eine Partnerin, auf die er sich blind verlassen konnte und die, egal, wie das Leben sich gestaltete, immer zu ihm hielt? Phil schüttelte den Kopf und lachte innerlich über sich selbst. Seit wann war er der Typ, der über ernsthafte und tiefe Beziehungen nachdachte? Er musste den Kopf frei bekommen und vor allem weg von dem verliebt auf sein Handy starrenden Alec. Phil verließ das Quartier seiner Einheit auf dem Stützpunkt in Credenhill.

Nach wenigen Metern erreichte er den Ausgang, öffnete die Tür und atmete tief durch. Der Gebäudetrakt, in dem ihr Team untergebracht war, lag am Rand des Geländes. Der Himmel hatte sich zugezogen und der einsetzende Nieselregen passte zu seiner Stimmung. Er musste sich dringend ablenken. Die Brünette von neulich Abend wäre eine wunderbare Zerstreuung. Wie war noch einmal ihr Name? Er wusste ihn nicht mehr. Kopfschüttelnd lehnte er sich mit dem Rücken an die Hauswand und beobachtete eine der neuen Einheiten beim Training. Vor Jahren hatte er selbst dort gestanden und die nicht enden wollenden Ansagen der Ausbilder über sich ergehen lassen. Laute Stimmen von dem bunt zusammengewürfelten Haufen junger Männer schallten zu ihm herüber. Noch kämpfte jeder für sich allein. Erst die nächsten Wochen würden zeigen, ob sie in der Lage waren, sich durchzubeißen, sich immer wieder zu motivieren, auch wenn sie gefühlt keine Reserven mehr hatten, zusammenzuarbeiten und einander zu vertrauen. Erst dann konnten sie zu einem Team zusammenwachsen.

Phil wandte sich ab. Bevor er noch weitere Erinnerungen auskramte, sollte er sich lieber um die hübsche Brünette kümmern. Mit einem Griff angelte er sein Handy aus der Hosentasche. Vielleicht würde ihm beim Durchsehen seines Telefonbuchs ihr Name einfallen. Während er beim Arzt gewesen war, hatte er sein Smartphone auf lautlos gestellt. Stirnrunzelnd ließ er sich die Liste der verpassten Anrufe anzeigen. Wer zum Teufel rief ihn acht Mal an? Irritiert sah er, dass stets die Nummer unterdrückt gewesen war. Als das Handy nun erneut klingelte und keine Nummer angezeigt wurde, meldete er sich zurückhaltend.

„Hallo?"

„Youngster, na endlich!", schallte es ihm lautstark entgegen. Phil grinste. Es gab nur einen Menschen auf der Welt, der ihn so ansprach.

„Fred, lange nicht gehört. Was kann ich für dich tun? Hast du die Schnauze voll von der High Society oder schlicht und ergreifend Sehnsucht nach mir?"

Phil konnte sich vorstellen, wie sein ehemaliger Ausbilder jetzt die Augen zusammenkniff.

„Noch immer die gleichen Sprüche, ich habs geahnt!", antwortete Fred mit rauer Stimme, was eindeutig an seinen heiß geliebten Zigarren lag. „Ich muss dich etwas fragen."

Phil richtete sich gespannt auf. „Na, dann schieß mal los, du weißt doch, klug fragen ist die halbe Weisheit!“

„Bevor du weiter Kalendersprüche zitierst, hör mir zu. Ich brauche deine Hilfe!“

Als das Telefonat wenig später endete, rannte Phil wie elektrisiert zurück ins Gebäude. Vergessen waren sein Frust über die ärztliche Bescheinigung und die Ablenkung durch eine schöne Frau. Ohne anzuklopfen stürmte er in den Besprechungsraum und schubste Alec, der noch immer vor seinem Laptop saß, zur Seite. „Mach Platz, ich brauche unbedingt einen Abgleich!“

Alec protestierte, aber ein Blick von Phil schien ihm den Ernst der Lage zu verdeutlichen, und er räumte das Feld.

Phil gab mehrere Namen in eine Datenbank ein. Er bemerkte, dass Alec seine Eingaben misstrauisch verfolgte. Sein Vorgesetzter war offenbar drauf und dran, ihm für sein Verhalten doch noch eine Ansage reinzudrücken. „Warte kurz ab, bevor du mich anbrüllst.“ Konzentriert tippte er drei weitere Namen ein. Als die Ergebnisse auf dem Bildschirm auftauchten, schrillten all seine Alarmglocken. Mit zusammengepressten Lippen bedeutete er Alec, hinzusehen. Stumm ging dieser die Namen durch.

„Verdammt, Phil, das liest sich wie eine Auflistung von Topterroristen. Fast jeder Name kommt mir bekannt vor!“

Phil nickte. „Mir auch, deshalb musste ich das direkt überprüfen!" Er griff nach seinem Handy und drehte Alec das Display hin. „Hier sind die restlichen Namen."

Alec warf einen Blick darauf und schnappte Sekunden später nach Luft. „Was ist das für eine Liste?"

„Eine Gästeliste. Fred hat sie mir geschickt."

„Welcher Fred?"

„Porter."

„Unser ehemaliger Ausbilder?"

„Genau der. Er hat mich vor ein paar Minuten angerufen und um Hilfe gebeten."

Alec sah ihn fragend an. „Ich dachte, Fred arbeitet mittlerweile als Sicherheitsmann im Privatsektor."

„Tut er. Sein Boss, ein adliger Hotelbesitzer, hat exakt diese Leute zu einem langen Wochenende auf sein Schloss in den schottischen Highlands eingeladen. Angeblich handelt es sich um einige Geschäftsführer und Manager seiner Hotelgruppe. Aber Fred irritierten die Namen und er bat mich, sie zu überprüfen."

Alec kniff die Augen zusammen. „Warum genau wollte er das? Welchen Verdacht hat er?"

„Fred ist noch während seiner aktiven Zeit zu Ohren gekommen, dass es einen in Europa ansässigen Waffenhändler geben muss, der über hervorragende Kontakte in den Nahen und Mittleren Osten verfügt. Er wusste nie etwas Genaues, es waren nur Gerüchte."

Auf eine ungeduldige Geste von Alec hin, fuhr Phil fort.

„Er sagte, dass er einige der Namen, die auf der Gästeliste stehen, mit Anti-Terror-Einsätzen in Verbindung bringt, die er zu seiner aktiven Zeit durchgeführt hat. Dabei ging es auch um illegale Waffenlieferungen. Alle Gäste werden mit Privatmaschinen eingeflogen, die der Hotelgroup seines Arbeitgebers gehören.“

Alec holte tief Luft, doch Phil sprach weiter: „Das ist noch nicht alles. Gestern hat Fred zufällig ein Telefonat des Lords mitbekommen. Es ging um eine Lieferung, die Lord Carley jemandem zugesagt hat. Er stand wohl ziemlich unter Druck, was Fred misstrauisch gemacht hat. Vor allem, weil mehrfach der Name einer iranischen Familie fiel, die in Waffenhandel verwickelt ist.“

Phil deutete auf einen Namen der Gästeliste.

Alec stieß einen Fluch aus, der seinesgleichen suchte. Zu jeder anderen Zeit hätte Phil ihn mit Freude kommentiert, doch die Situation war zu ernst.

Alec sah ihn an. „Ist Fred sicher, dass diese Leute wirklich als Gäste nach Schottland kommen?“

Phil verzog den Mund. „Wie du siehst, ist es handschriftlich und eher ein Entwurf. Fred weiß, dass Lord Carley Besuch erwartet, aber das Briefing hierzu ist laut ihm erst in einigen Tagen. Dennoch ist er sich ziemlich sicher, dass es die Leute von der Liste sind, da exakt diese Anzahl an Gästezimmern vorbereitet werden soll.“

Alec griff nach seinem Handy. „Wir sollten Ed und David überprüfen lassen, ob die Namen auch auf den Passagierdokumenten von Privatjets gelistet sind.“

Einige Zeit später hatten sie Gewissheit. Ed und David hatten sich in Windeseile die Daten der angemeldeten Privatflüge besorgt. Nun lagen die Ausdrucke mehrerer Passagierlisten vor ihnen. Nicht einer der Namen, die Fred ihnen genannt hatte, tauchte auf.

„Verdammt!" Phil fuhr mit dem Finger nach unten und deutete auf die letzte Position. „Jetzt haben wir alle Passagierlisten, doch kein einziger stimmt mit den von Fred genannten überein."

Phil schüttelte ungläubig den Kopf.

„Nenn mich paranoid, aber genau das habe ich befürchtet. Wenn Fred sagt, dass sein Arbeitgeber diese Männer erwartet, dann glaube ich ihm das."

Ed lehnte sich so weit auf seinem Stuhl zurück, dass er auf den hinteren Stuhlbeinen hin und her kippelte.

„Wenn die Leute, die er dir genannt hat, Phil, in dieser Kombi hier einreisen würden, dann wäre der Geheimdienst auf dem Flugfeld, bevor die Maschine aufsetzt. Mit Sicherheit fliegen die unter falscher Identität. Ich brauche mehr Zeit, dann überprüfe ich die Reisedokumente der Passagiere genauer."

Phil warf Alec einen Blick zu, der aber signalisierte bereits seine Zustimmung.

„Wenn Fred recht hat, sind acht Männer aus dem Nahen und Mittleren Osten mit familiären Verbindungen zu Terrorgruppen respektive bewiesenen Beziehungen auf dem Weg nach Schottland."

Er atmete tief durch. „Wir sollten dringend Sutherland informieren. Wir sind hier auf eine potenzielle Terrorgefahr gestoßen und ...“

Er wurde unterbrochen, als jemand die Tür zu ihrem
Raum aufriss. Herold Sutherland, Kommandant des
Stützpunktes, kam mit großen Schritten auf sie zu. Seine
sonst so sorgsam frisierten grauen Haare standen wirr
von seinem Kopf ab und er atmete hörbar ein und aus.
Das war seltsam, da sich Sutherland, obwohl er seit Jahren am Schreibtisch saß, noch immer fit hielt. Die paar
hundert Meter zu ihrem Gebäudeteil konnten ihn also
nicht derart aus der Ruhe gebracht haben.

„Was geht hier vor sich, dass mir der Geheimdienst
beinahe an die Gurgel geht?“

Phil sprang von seinem Stuhl auf. „Wir haben einige
Namen durchs System laufen lassen, die ...“

Sutherland fiel ihm aufgebracht ins Wort: „Die quasi
zum sofortigen Ausnahmezustand geführt haben!“

Alec stand auf und schob Phil zur Seite. Offensichtlich schrillten allein aufgrund ihrer kurzen Recherche
bei ihrem Inlandsgeheimdienst alle Alarmglocken. Daher war es Phil ganz recht, dass sein Teamchef sich
Sutherland stellte.

„Wir haben die Informationen von einem unserer
ehemaligen Ausbilder erhalten. Fred Porter. Er arbeitet
seit einigen Monaten als privater Sicherheitsmann für
einen britischen Hotelier. Die Namen, die wir gerade
überprüft haben, stammen von einer Gästeliste des Ho-
teliers, die Fred uns zugespielt hat. Wir überprüften sie

in unserer Datenbank, da wir befürchten, dass die Männer auf dem Weg nach Dundee sind. Nachdem eindeutige Verbindungen zu Terrorgruppen bestehen, wollten wir dies zunächst selbst überprüfen. Wir hätten Sie danach umgehend hinzugezogen, Sir."

Sutherland rang um Fassung, hatte sich dann aber schnell wieder im Griff. Seufzend zog er sich einen Stuhl heran und setzte sich. Daraufhin nahmen auch Phil und Alec wieder Platz.

„Wie kommt Porter an die Gästeliste?"

Diesen Sachverhalt hatte Phil bisher noch nicht erwähnt, sodass auch Alec, David und Ed ihn interessiert ansahen.

„Sein Arbeitgeber hatte eine Mappe in seinem Wagen vergessen. Als Fred sie für ihn aus dem Auto holte, glitt sie ihm aus der Hand. Einige Schriftstücke fielen heraus. Darunter eine handgeschriebene Gästeliste. Fred kamen die Namen darauf bekannt vor, daher hat er die Seite mit dem Handy abfotografiert. Er hat mich angerufen und mir die Informationen geschickt. Er bat mich, die Namen zu verifizieren, da er sich nicht sicher war, ob es nur eine zufällige Namensähnlichkeit ist. Er ist ja seit einiger Zeit nicht mehr aktiv und daher nicht auf dem aktuellsten Stand."

„Bei den Namen braucht man keinen aktuellen Stand!" Sutherland schüttelte missbilligend den Kopf und Phil konnte ihm nur zustimmen.

„Ja, Sir. Dennoch wollte Mr Porter sichergehen."

Nun hatte er die volle Aufmerksamkeit des Kommandanten. „Weshalb dieser Umweg über Sie, Clark?"

„Alle Personen sind Gäste von Lord Carley. Er ist der Arbeitgeber von Fred."

„Carley Hotels?" Sutherlands Nachfrage klang rhetorisch. „Verdammt, das ist eine der größten internationalen Hotelketten. Carley hat einen ausgesprochen guten Ruf und betreibt mindestens zwei Dutzend Luxushotels in aller Welt."

„Aus diesem Grund wollte Fred inoffiziell eine Überprüfung. Er erinnerte sich, dass er einige Nachnamen, die auf der Liste stehen, während seiner Zeit in der British Army im Zusammenhang mit Anti-Terror-Einsätzen gehört hatte. Dies hat sich gerade bestätigt. Es handelt sich allerdings um Familienmitglieder und Verwandte mit demselben Nachnamen, nicht um die damals Verdächtigten selbst."

„Das reicht nicht aus, um Sie um eine derartige Validierung zu bitten!" Sutherland sah ihn forschend an.

„Ja, Sir, Sie haben recht. Gestern hat Fred zufällig ein Telefonat des Lords mitbekommen."

Phil fasste zusammen, was Fred gehört hatte. Sutherland schwieg lange.

„So langsam ergibt sich ein Bild. Hegt Fred Porter den Verdacht, dass Carley Kontakt zu Waffenhändlern hat?"

Phil verneinte. „So deutlich sagte er das nicht, Sie kennen ihn ja. Doch er hat klar geäußert, dass da irgendwas nicht stimmen kann."

„Ich wünschte nur, Sie beide hätten mich zuerst aufgesucht, anstatt aufgrund eines Verdachts von Mr Porter Ihre Sicherheitsfreigabe auszureizen."

Das Klingeln von Sutherlands Handy ersparte Phil weitere Zurechtweisungen. Aber allein dessen tadelnder Blick machte allzu deutlich, dass das mit der internen Überprüfung gründlich danebengegangen war. Doch die Sache war es wert gewesen, schließlich würde Fred niemals unbegründet einen solchen Verdacht äußern. Nach wenigen Sätzen reichte der Kommandant das Telefon an Alec weiter. Dem folgenden Gespräch konnte Phil entnehmen, dass der MI5 sich mittlerweile mit dem MI6 zusammengetan hatte. Da neben dem Inlands- nun auch der Auslandsgeheimdienst mit drinsteckte, konnte es sich bei Freds schlechtem Gefühl nicht nur um einen subjektiven Eindruck handeln. Als Alec das Telefonat beendete und Sutherland sein Handy zurückgab, warf er ihm einen ernsten Blick zu. „Sir, wir haben einen Termin in London. Der Geheimdienst hat einige Fragen, die sie nicht am Telefon erörtern wollen."

„Dann viel Erfolg, meine Herren, vergessen Sie nicht, Fleming, dass Sie und Ihr Team auf Stand-by sind."

3

„Um ehrlich zu sein, habe ich mir das Ganze mehr wie in einem Bond-Film vorgestellt, aber das hier …"

Phil ließ seinen Blick durch den fensterlosen Raum gleiten, in dem außer einem grauen Tisch und sechs unbequemen schwarzen Plastikstühlen nichts zu sehen war. Der Boden bestand aus hellgrauem Vinyl, das nach chemischem Reinigungsmittel roch. Ihre Gesprächspartner vom Geheimdienst hatten sich nach einer fast zweistündigen Unterredung ohne Erklärung aus dem Raum verabschiedet. Lediglich ein ´Warten Sie hier´ ließ Alec und ihn ausharren.

Die letzten Stunden waren weniger unangenehm verlaufen als befürchtet. Die drei Männer, die sie in Empfang genommen hatten, ohne sich vorzustellen, wollten lediglich so viel wie möglich über ihren ehemaligen Vorgesetzten und dessen neue Arbeitsstelle wissen. Phil hatte, so gut es ging, alle Fragen beantwortet. Da außer ihm keines der Teammitglieder regelmäßig Kontakt zu Fred pflegte, waren sie schnell bei den Namen angekommen, die Phil überprüft hatte.

Erst nach langem Zögern, so als müsse er sich überwinden, sie ins Vertrauen zu ziehen, hatte sich einer der Männer geäußert. Er hatte sich auf seinem Stuhl zurückgelehnt und mit leicht näselndem Londoner Akzent gesagt: „Gentlemen, was ich Ihnen nun mitteile, unterliegt der strengsten Geheimhaltung."

Ein warnender Blick von Alec hatte Phil davon abgehalten, einen seiner berüchtigten Kommentare loszulassen. Er hätte sie damit nur in Schwierigkeiten gebracht. Also hatten sie schweigend dem näselnden Typen gelauscht. „Wir verfügen seit Jahren über Informationen, die auf einen internationalen Waffenhändlerring hindeuten. Der Lord, wie er allgemein genannt wird, zieht als Kopf dieses Händlerrings alle Fäden, tritt jedoch nie selbst in Erscheinung. Niemand weiß, wer hinter „diesem Namen" steckt oder wie man Kontakt zu ihm aufnimmt. Der Lord kontaktiert seine Käufer, niemals umgekehrt. Wir erhalten immer wieder Informationen, verfolgen markierte Lieferungen – alles ohne Erfolg. Ein letzter Hinweis, den wir vor einiger Zeit erhielten, führte uns vage in Richtung Vereinigtes Königreich. Bisher verliefen alle Spuren im Sand. Die Informationen Ihres Kollegen könnten uns endlich voranbringen. Wenn Sie uns kurz entschuldigen."

Mit diesen Worten war der näselnde Typ aufgestanden und, gefolgt von den beiden anderen Männern, aus dem Raum gegangen. Das war mittlerweile eine gefühlte Ewigkeit her. Ungeduldig kippte Phil seinen Stuhl nach hinten.

„Wenn die Typen endlich Hinweise haben, die sie weiterbringen, schön und gut, aber weshalb sollen wir hier noch warten?"

Alec amüsierte sich über die Ungeduld seines besten Freunds und Stellvertreters. „Ich habe eine Idee und vermute mal, dass es uns betrifft, oder eher gesagt das ganze Team."

Phil warf ihm einen fragenden Blick zu und Alec sprach weiter: „Carley Hotels ist eine internationale Hotelkette. Allein im Mittleren Osten betreibt die Carley Hotel Group sieben Luxushotels. Das wären ideale Voraussetzungen, um unauffällig Waffen zu verkaufen oder zu verschieben."

Phil verzog den Mund und gähnte. „Sorry, scheint am Sauerstoffmangel in diesem schicken Ambiente zu liegen." Er signalisierte Alec, fortzufahren.

„Ich schätze, sie werden sich die Gelegenheit nicht entgehen lassen, Lord Carley genaustens auf den Zahn zu fühlen. Schon die Tatsache, dass er diese namhaften Gäste einlädt, macht misstrauisch. Dass dann noch ein ominöses Telefonat hinzukommt, in dem es um Waffenlieferungen geht, lässt alle Alarmglocken schrillen."

Phil nickte. „Und du denkst, dass sie unser Team einsetzen, um ..."

Er verstummte, denn in diesem Moment ging die Tür auf. Der Näselnde blieb im Türrahmen stehen und sagte: „Gentlemen, in Absprache mit Ihrem Vorgesetzten werden Sie uns unterstützen."

Phil sog scharf die Luft ein, schwieg aber, als er einen mahnenden Blick von Alec kassierte.

„Uns liegen aktuelle Informationen vor, dass in den nächsten Tagen eine große Waffenlieferung über den Iran nach Russland erfolgen soll – allem Anschein nach ein Deal, eingefädelt von besagtem Lord.

Des Weiteren gehen wir davon aus, dass Mr Porter an dessen Geschäften beteiligt ist. Daher werden wir einen unserer Mitarbeiter einschleusen, während Sie den Waffendeal im Iran verhindern."

Phil schoss so heftig vom Stuhl hoch, dass dieser mit einem lauten Krachen auf dem Linoleum landete.

„Moment mal, welche Informationen glauben Sie zu haben?" Phil spürte Alecs mahnende Hand auf seinem Arm kaum, als er sich energisch auf den Tisch vor sich stützte.

„Mr Clark, wir glauben gar nichts, sondern haben eindeutige Hinweise. Mr Porter ist seit Monaten als persönlicher Sicherheitsberater an der Seite des Lords und kann unmöglich keine Kenntnis davon haben. Er wird bis über die Halskrause darin involviert sein, daran hegen wir keinerlei Zweifel. Es sind mehrfach hohe Geldbeträge auf dem Konto von Mr Porter eingegangen, die zusammengefasst deutlich die Millionengrenze überschreiten."

Bevor Phil etwas erwidern konnte, spürte er, wie Alec ihn zurück auf den Stuhl drückte. Hatte er ihn aufgehoben? Phil hatte es nicht mitbekommen.

Langsam begriff er, was Alecs warnender Blick ihm sagen wollte, und atmete heftig durch.

„Verzeihen Sie, Gentlemen, ich habe mich im Ton vergriffen. Selbstverständlich haben Sie allen Grund zur Sorge. Sollte Mr Porter in diese Angelegenheit verwickelt sein, wäre das ein Desaster!"

Er sah den Näselnden prüfend an und bemerkte zu seiner Erleichterung, dass dieser sich wieder entspannte. Mit ruhiger, kontrollierter Stimme fuhr Phil fort:

„Wie Sie sicher wissen, war Fred Porter unser Ausbilder. Daher bitte ich Sie, meine emotionale Entgleisung zu entschuldigen."

Phil nahm aus dem Augenwinkel wahr, dass Alec amüsiert den Mund verzog, dies aber gekonnt mit einem Husten tarnte. Phil konnte es ihm nicht verdenken, aber wenn er es darauf anlegte, konnte er sich fast so gewählt ausdrücken wie Cal. Als Alec seine Mundwinkel wieder unter Kontrolle hatte, klinkte er sich ins Gespräch ein.

„Ich muss Ihnen nicht erklären, was es für die British Special Forces bedeuten würde, wenn einer unserer eigenen Leute in solch eine Angelegenheit von internationaler Tragweite involviert sein sollte."

Alec pausierte bewusst, bevor er weitersprach.

„Fred Porter hat Vertrauen zu uns, schließlich hat er uns um Hilfe gebeten. Einen Ihrer Männer bei ihm einzuschleusen, ist riskant und nicht unbedingt erfolgversprechend. Schleusen Sie Phillip Clark ein. Fred Porter vertraut uns. Mr Clark wird schneller als jeder Ihrer

Leute an Informationen herankommen. Sollte wirklich etwas an diesen Hinweisen dran sein, garantiere ich, dass wir Ihnen sämtliche Beweise auf einem Silbertablett servieren."

Phil spürte, wie Wut in ihm hochschoss. Wie konnte Alec es wagen, ihn für diesen Job vorzuschlagen? Aufgebracht drehte er sich zu seinem Boss um, doch Alec hob nur abwehrend die Hand und wandte den Blick nicht von ihren Gesprächspartnern ab. Der Näselnde zog missbilligend die Augenbrauen hoch.

„Diese Aufgabe wird einer unserer Agenten übernehmen. Mr Clark einzusetzen, wäre absolut unüblich."

Phil biss die Zähne zusammen. Gepresst holte er Luft, um etwas zu sagen, doch Alec trat ihm energisch auf den Fuß. Ohne ihm Beachtung zu schenken, wandte Alec sich erneut an die Männer des MI5.

„Unüblich vielleicht, aber es wird dauern, einem Ihrer Leute eine entsprechende Legende zu verpassen. Fred Porter hat uns bereits um Unterstützung gebeten, daher wird er keinerlei Misstrauen hegen, wenn wir uns einmischen."

Der ständig näselnde Agent runzelte die Stirn. Dann wandte er sich seinen Kollegen zu. Nach einem leisen Wortwechsel standen die Männer auf. „Wenn Sie uns für einen Moment entschuldigen?" Dann verließen sie den Raum.

Phil konnte sich nicht länger zurückhalten. Zornig drehte er sich zu Alec. „Was verdammt noch mal denkst du dir dabei, mich für so einen Job vorzuschlagen? Du weißt ganz genau, dass ich ..."

Alec fuhr herum. „Kein Wort mehr, nicht hier drin! Du hältst dich zurück. Wir sprechen darüber, wenn wir auf dem Rückweg sind."

Phil konnte nicht anders, als ihn erneut anzusprechen. „Alec, komm schon, ich ..."

„Das war keine Bitte, Phil!"

Mit zusammengebissenen Zähnen lehnte Phil sich zurück. Was zur Hölle war mit Alec los? Er wusste ebenso wie er, dass ein Mann wie Fred Porter niemals gemeinsame Sache mit einem Waffenhändler machen würde. Das wäre gegen alle Überzeugungen, gegen alle Werte, die Fred für sich reklamierte und auch ihnen vermittelt hatte. Er war ein Mann, für den Phil seine Hand ins Feuer legen würde, ein Mann, für den das, was er sagte und wofür er stand, Bedeutung hatte. Wie konnte Alec das infrage stellen? Fred war ein verdammt guter Ausbilder gewesen. Und irgendwann, Jahre später, wurde er zu einem der wenigen Menschen, zu denen Phil aufschauen konnte. Er war ihm ein Freund, Mentor und Vertrauter.

Phil warf Alec einen ungehaltenen Blick zu, doch bevor dieser reagieren konnte, traten die drei Männer wieder ein. Einer, der sich bisher schweigend im Hintergrund gehalten hatte und den Phil in Gedanken nur den Unscheinbaren nannte, wandte sich an ihn.

„Mr Clark, wir haben uns entschieden, dass Sie undercover in den Reihen um Mr Porter und seinen Arbeitgeber, Lord Carley, eingeschleust werden. Der Rest Ihres Teams, Mr Fleming, wird im Iran die Waffenlieferung an Russland verhindern. Mit Ihrem Vorgesetzten haben wir uns bereits abgestimmt. Wenn Sie mir bitte folgen möchten? Wir instruieren Sie über alles Weitere."

Bevor Alec reagieren konnte, stand Phil auf.

„Ich danke Ihnen, meine Herren. Sie werden Ihre Entscheidung nicht bereuen." Mit einem entnervten Blick auf Alec fuhr er fort: „Auch wenn mein Boss vielleicht nicht den größten Wert darauf legt, ich hingegen weiß gerne, mit wem ich es zu tun habe, bevor ich mich mit Ihnen austausche."

Der Näselnde sah ihn irritiert an. „Mr Clark, unsere Funktion sollte Ihnen mittlerweile klar sein."

Phil lag eine entsprechend freche Erwiderung auf der Zunge, als Alec sich einmischte. „Bei allem Respekt, Sir, aber um eine produktive Zusammenarbeit zu etablieren, sollten wir unseren Umgang auf eine vertrauensvolle Ebene bringen."

Seine Worte brachten ihnen überraschte Blicke ihrer Gesprächspartner ein. Alec und er hatten aus reiner Höflichkeit und weil man sich aufgrund der weltweiten Terrorgefahr endlich besser untereinander austauschte, auf ein Gespräch mit dem MI5 – ihre Gegenüber hatten sich ja noch immer nicht offiziell vorgestellt – eingelassen.

Doch Phil hatte nicht länger Lust auf unnützes Geplänkel. Aufgrund ihrer Zugehörigkeit zu den British Special Forces hätten sie nicht mit dem Geheimdienst zusammenarbeiten müssen. Doch während ihrer Tätigkeit innerhalb der Counter Terrorism Unit, in der sie als eines von drei *Special-Operations-Teams*, kurz SPOT genannt, als selbstständige Task Force unterwegs waren, hatten sie oft genug mit den Auswirkungen von illegalem Waffenhandel zu tun. Deshalb war es überaus auffällig gewesen, wie herablassend man sie beide behandelt hatte. Da sie sich bisher nicht dagegen gewehrt hatten, dachte der Näselnde offenbar, dass er ihnen vorschreiben konnte, was sie wie zu tun hatten.

„Um es deutlicher als mein Boss auszudrücken: Wenn wir ab sofort zusammenarbeiten, dann bitte auf Augenhöhe und gleichberechtigt."

Irritiert zog der Näselnde die Augenbrauen hoch. Mit einem Mal schien die überhebliche Haltung zu bröckeln. „Mr Clark, Mr Fleming, ich kann Ihnen nur sagen, wie wichtig diese Ermittlungsschritte sind, wir ..."

Phil konnte sich nicht länger beherrschen. Genervt fuhr er sein Gesprächspartner an: „Denken Sie denn, das wissen wir nicht? Wir spielen nicht zum Zeitvertreib Räuber und Gendarm auf dem Schießplatz. Wir gehören schließlich zu einer hoch spezialisierten Anti-Terror-Einheit des SAS. Menschen wie dieser Waffenhändler sind uns definitiv nicht fremd und wir haben selbst das größte Interesse, gegen ihn vorzugehen. Also lassen Sie uns endlich auf Augenhöhe miteinander sprechen!"

Alec zog eine Augenbraue hoch, kommentierte Phils Ausbruch aber nicht weiter. Stattdessen wandte er sich dem Mann ihm gegenüber zu. „Fangen wir doch damit an, dass Sie sich uns vorstellen. Wenn wir uns gegenseitig mit Namen ansprechen können, macht es das Ganze sicher einfacher."

4

Eve knallte die Zimmertür ins Schloss und griff nach dem Handtuch, das turbanähnlich um ihre Haare drapiert worden war. Sie hatte den Nachmittag im Spa mit Ayurveda-Behandlungen verbracht. Die Anwendungen waren eigens auf ihre Bedürfnisse zugeschnitten worden. Sie hätte entspannt sein müssen, wäre sie nicht seit einigen Wochen unendlich entnervt und gelangweilt. Auch wenn sie nicht wusste, was genau sie tun wollte, so konnte sie nicht weitermachen. Ein Wellnesstrip folgte dem nächsten, ein Urlaub reihte sich an einen Städtetrip und umgekehrt. Anfangs hatte sie es genossen, von einer Stadt, von einem Hotel ins andere zu reisen. Sie wollte den Schmerz hinter sich lassen und alles vergessen, was mit Francis zu tun hatte. Ein Jahr lang hatte sie versucht, den Tod ihres Mannes mit allen Mitteln zu verdrängen. Doch kein Luxusurlaub auf den Malediven oder Chakrenbehandlungen in Timbuktu hatten die Trauer über seinen Tod weniger werden lassen. Der Schmerz war so frisch und so unmittelbar wie am ersten Tag. Jeder, der sagte, die Zeit heile alle Wunden oder der Schmerz ginge vorbei, log schlicht und ergreifend.

Nichts ging vorbei und die Zeit heilte gar nichts. Der Schmerz wurde lediglich zur Gewohnheit und sie hatte gelernt, damit umzugehen. Mehr aber auch nicht. Und das Leben, das sie jetzt führte, war sinnlos und unerfüllt. Sicher, es lenkte sie ab, aber wenn sie ehrlich war, betäubte sie tagsüber nur, was sie abends wieder einholte, wenn sie allein im Bett lag.

Frustriert warf sie das Handtuch aufs Bett und schüttelte ihre langen braunen Haare auf. Sie wollte nach Hause und endlich irgendetwas Sinnvolles tun. Der Landsitz der Familie war zwar recht abgelegen, aber Francis hatte es dort geliebt, und genau dort würde auch sie über ihre Zukunft nachdenken. Sie griff nach ihrem Handy und öffnete die App ihrer bevorzugten Fluglinie.

Der Austausch mit dem MI5, das man gegen Ende beinahe Verhandlung hätte nennen können, hatte viel länger gedauert als erwartet. Phil schloss die Augen und erinnerte sich daran, wie hartnäckig der Näselnde, der sich ihnen als Agent Stevens vorgestellt hatte, die ganze Zeit über geblieben war.

Doch schlussendlich hatten Alec und er sich durchgesetzt. Mit mehr Geschick, als er selbst je aufgebracht hätte, hatte Alec die Agenten davon überzeugt, dass der einzige Weg zum Erfolg über ihn gehen würde. Noch in Gegenwart der MI5-Leute hatte er Ed und David instruiert, ihm eine wasserdichte Legende zu verpassen. Langsam aber sicher schienen die Agenten sich zu ent spannen und ihren Möglichkeiten zu vertrauen. Als Phil und Alec sich endlich verabschiedeten, war der Rest ihres Teams bereits auf Hochtouren dabei, ihre parallel laufenden Missionen zu planen. Obwohl das Gespräch konstruktiv verlaufen war, konnte Phil seine Gefühle nur schwer zurückhalten. Er spürte, wie die Wut sich ihren Weg zurück bahnte. Als Alec und er den Aufzug betraten, drehte er sich zu seinem Freund und Vorgesetzten um.

„Hör zu, Alec, auch wenn das Ganze hier jetzt beschlossene Sache ist, so kann ich ...“

Alec unterbrach ihn rüde. „Nicht hier drin!“

Phil schwieg genervt und wartete, bis sie in den Wagen gestiegen waren und die Tiefgarage verlassen hatten. „Hab ich jetzt gütigerweise die Gelegenheit, dir meine Meinung mitzuteilen?“

Er klang bissiger, als er es beabsichtigt hatte, und sah, wie Alec die Lippen aufeinanderpresste. Statt nach rechts in Richtung der Vauxhall Bridge zu fahren, bog Alec nach links ab und hielt, ungeachtet des hohen Verkehrsaufkommens, den Wagen an einer Bushaltestelle an. Bevor Phil etwas sagen konnte, griff Alec nach seinem Arm und zog ihn ruppig zu sich herum. „Bist du auch nur ein einziges Mal auf die Idee gekommen, dass es dem Geheimdienst nur darum geht, den Waffenhändler aus dem Verkehr zu ziehen? Sollte Lord Carley wirklich dahinterstecken, hat Fred ein echtes Problem. Gehen wir davon aus, dass Fred nicht mit einem Waffenhändler gemeinsame Sache macht. Glaubst du, der

Geheimdienst nimmt darauf Rücksicht? Deren Meinung steht doch bereits fest, oder hast du Agent Stevens nicht zugehört? Selbst wenn Fred unschuldig ist, läuft es bei denen nach dem Motto: mitgegangen, mitgehangen. Für die ist er im Zweifel ein Bauernopfer. Du hingegen wirst objektive Aufklärungsarbeit leisten. Verstehst du denn nicht, dass ich deswegen alles darangesetzt habe, dich einzuschleusen? Wir können das nicht, da unser Einsatz im Iran sein wird. Du aber bist hier vor Ort und die einzige Chance, die Fred hat. Ich weiß doch genau, wie sehr du ihn schätzt und was er dir bedeutet."

Alec war so aufgebracht, dass er immer lauter geworden war. Phil hingegen fühlte plötzlich, wie die Anspannung, die er in den vergangenen Stunden gespürt hatte, mit einem Mal von ihm abfiel. Verdammt, er war nicht im Geringsten darauf gekommen, dass Alec ihn aus diesem Grund für den Undercover-Job vorgesehen hatte. Als er zu Alec schaute, wurde ihm bewusst, dass er diesen Satz offenbar laut vor sich hingesagt haben musste.

Alec schüttelte den Kopf. „Himmel noch mal Phil, wie konntest du bloß die ganze Zeit denken, dass ich irgendetwas anderes im Sinn hatte, als Fred eine Chance zu geben. Dir vertraue ich, dem Geheimdienst in diesem Fall nicht. Deren Interessen liegen woanders."

Phil sah seinen Freund zerknirscht an. „Entschuldige, ich habe offensichtlich nicht mehr klar gedacht. Ich hatte wirklich den Eindruck, dass du mich bewusst gegen Fred ermitteln lässt. Mit meiner noch nicht ausgeheilten

Verletzung wäre das auch noch ein super Vorwand gewesen." Er hielt inne und murmelte dann: „Momentan bin ich für das Team ja nur ein Klotz am Bein."

Alec kniff die Augen zusammen.

„Wir müssen dringend über dein aktuelles Selbstbild sprechen! Ja, genau, es war mein Hintergedanke, dass du bewusst ermittelst. Aber nicht gegen Fred, sondern gegen einen Waffenhändler – sei es Lord Carley oder sonst wer. Bei dir weiß ich, dass du deinen Job anständig machst, und selbst verletzt bist du um einiges besser als jeder Topagent vom Geheimdienst."

Alec hielt einen Moment inne und suchte Phils Blick. „Und dir vertraue ich so sehr, dass ich mir sicher bin, sollte Fred mit drinstecken, wirst du ihn ausliefern, mit allen Beweisen."

Phil hielt Alecs Blick stand und seufzte. „Tut mir leid, dass ich so ein Rindvieh war. Ich hab vor lauter Wut und Entsetzen, wie der Geheimdienst glauben kann, dass ein Mann wie Fred gemeinsame Sache mit einem Waffenhändler macht, nicht mehr klar denken können. Danke, dass du mir die Chance verschafft hast, die Sache aufzuklären."

Er reichte seinem Freund und Vorgesetzten die Hand. „Und sollte Fred wahrhaftig darin verwickelt sein, dann liefere ich ihn persönlich aus, das schwöre ich dir!" Obwohl Phils Stimme belegter klang, als ihm lieb war, wussten sie beide, dass dieses Versprechen keine hohle Floskel war. Wenn ihnen eins gemeinsam war, dann, dass sie dieselben Werte teilten. Und diese würde keiner von ihnen aufgeben. Auch nicht für einen fast väterlichen Freund, wie Fred es für Phil war.

Auf halbem Weg zwischen London und Credenhill setzte Alec plötzlich den Blinker und zog den Land Rover in eine Haltebucht. Irritiert sah Phil auf und griff automatisch nach dem Zündschlüssel, den Alec ihm hinhielt. „Sei so gut und fahr du den Rest."

Kopfschüttelnd tauschte er den Platz mit Alec, der sich gähnend auf den Beifahrersitz fallen ließ und die Beine ausstreckte.

Nachdem Phil den Blinker gesetzt hatte und losgefahren war, warf er Alec einen amüsierten Blick zu.

„Gibt es Gründe, die mir entgangen sind, oder warum schwächelst du?"

Mühsam öffnete Alec die Augen und seufzte.

„Die Fahrerei zwischen Cardiff und dem Stützpunkt macht uns wahnsinnig. Weder Lynn noch ich haben die Zeit dafür, aber im Moment geht es nicht anders, wenn wir uns sehen wollen."

Phil runzelte die Stirn, als er den Unterton wahrnahm, der im letzten Satz mitgeschwungen hatte. „Was meinst du mit im Moment?"

Alec schloss die Augen und lehnte sich auf dem Beifahrersitz zurück. „Erinnerst du dich an das Haus, das Jo vor einiger Zeit gekauft hat?"

Phil verzog spöttisch den Mund. „Diese Bruchbude von Farm nennst du Haus? Aber ja, wie könnte ich dieses Anwesen vergessen, was ist damit?"

„In der Nähe werden gerade Häuser zum Kauf angeboten. Zwei davon haben Lynn und ich uns vor einigen Tagen angeschaut."

Phil hielt den Blick konzentriert auf die Straße gerichtet und ließ sich nicht anmerken, dass ihn Alecs Worte zu seiner eigenen Verwunderung getroffen hatten. Bisher hatte Alec ihm stets alles erzählt, beide hatten sich immer über sämtliche Neuigkeiten und Nichtigkeiten auf dem Laufenden gehalten. Nun aber gab es offensichtlich Dinge, über die er erst im Nachhinein informiert wurde. Er umfasste das Lenkrad fester und setzte zum Überholen an. Der Mercedes vor ihm fuhr zwar ein adäquates Tempo, das Überholmanöver ließ ihm aber genügend Zeit, seine Gedanken zu sortieren. Eifersucht gehörte sonst überhaupt nicht zu seinen Eigenschaften, und Phil wunderte sich über sich selbst, dass er diesen kleinen, fiesen Stich verspürt hatte. Er freute sich unglaublich, dass sein bester Freund und Lynn, die seit Jahren wie eine Schwester für ihn war, ein Paar waren. Grund für irgendwelche Eifersüchteleien gab es absolut keinen, also verbot er sich sämtliche Gedanken in diese Richtung. Er räusperte sich. „Erzähl, was hat es mit den Häusern auf sich?"

„Ein Cottage hat uns gut gefallen, ebenso ein relativ großes, zweistöckiges Landhaus. Lynn gefällt, dass es mit seiner steinernen Fassade ein bisschen was von Hillview House hat. Genau daher bevorzuge ich das schlichte Cottage. Es ist außerdem etwas zentraler gelegen und der Garten ist nicht so unsagbar verwildert wie bei dem anderen Objekt. Na ja, wir werden sehen, ob es überhaupt umsetzbar ist. Aber bis zum Stützpunkt sind es nur gut zwanzig Minuten, daher wäre es ideal."

Phil nickte stumm und konzentrierte sich weiter aufs Fahren. Als Alec neben ihm eingeschlafen war, erlaubte er sich, seine Gedanken doch wieder zu den Hauskauf-Plänen seines besten Freundes abschweifen zu lassen. Da Lynn nicht länger in der Schule arbeitete, sondern sich auf ihre Forschung und die Tätigkeit fürs Militär fokussierte, wäre es praktisch für beide, sich in der Nähe des Stützpunkts ein Haus zu kaufen.

Er warf Alec, der im Schlaf leicht nach links gerutscht war und nun an der Beifahrertür lehnte, einen Blick zu. Innerhalb weniger Monate hatte sich Alecs Leben geändert und das, soweit es Phil beurteilen konnte, zum Besseren. Doch gleich ein Haus kaufen? Phil fuhr sich mit einer Hand durch die Haare. Das hätte er nicht erwartet, wobei ... Es passte zu den beiden. Hauptsache glücklich, dachte er und überlegte, ob er Luke fragen sollte, sich die Wohnung mit ihm zu teilen. Zwar könnte er die Miete auch allein übernehmen, er bevorzugte jedoch Gesellschaft – und die eindeutig von einem Mann, denn in eine Beziehung zog es ihn sicherlich nicht so schnell!

Genervt von seinen Gedankengängen rieb sich Phil über die Stirn. Sie hatten wirklich andere Probleme, und die bekämen ab sofort seine volle Aufmerksamkeit. Allen voran ging es um Fred.

5

Der Nachmittag ging in den Abend über, als Phil und Alec den Stützpunkt erreichten und zu ihrem Team stießen. In dem funktional ausgestatteten Raum, in dem die übrigen Männer arbeiteten, herrschte eine intensive Mischung aus Anspannung und Konzentration. Die Strahlen der tief stehenden Sonne tauchten die Wände in ein dunkles Orange. In der Mitte des Raumes saß Jo an dem rechteckigen Konferenztisch. Um ihn herum lagen unterschiedlichste Akten und Ausdrucke. Über Davids und Eds Bildschirme flimmerten Informationen und Datenanalysen. Ed drückte ein paar Tasten und die Angaben über Verdächtige, Verbindungen und aktuelle Entwicklungen wurden auf dem zentralen Wandmonitor in Grafiken und Diagrammen visualisiert.

Der zweite große Monitor zeigte eine digitale Karte der Stadt, auf der die ankommenden und abfahrenden Schiffe in Echtzeit verfolgt werden konnten.

Luke trat an den Bildschirm und unterhielt sich mit Tom. Dabei blendete er durch Berührung des Displays verschiedene Ebenen der Karte ein, um Überwachungskameras oder Zeugenberichte zu integrieren.

Phil und Alec schlossen die Tür hinter sich.

Die beiden hatten ihr Team auf dem Rückweg zur Basis schon über den Auftrag informiert und instruiert.

Cal winkte Phil zu sich. „Bevor wir das ausbauen, wirf mal einen Blick drauf." Er deutete auf den Bildschirm. Phil beugte sich vor. Neugierig las er sich den Entwurf zu seiner Tarnidentität durch.

„Ihr habt mir eine unehrenhafte Entlassung verpasst? Na vielen Dank auch!" Empört warf er Cal einen Blick zu, den dieser kopfschüttelnd abtat.

„Deine Entlassung aus der British Army muss schlüssig sein. Lies weiter, dann siehst du, dass es eine zweifelhafte Entscheidung war. Das erklärt deinen Frust und deine Geldsorgen, lässt dich aber nicht als komplett skrupellosen Typ dastehen."

„Zu gütig." Phil setzte sich und vertiefte sich in die Vita, die die Jungs für ihn konstruiert hatten. Sie lehnte sich stark an seiner eigenen an. Lediglich seine Kindheit und die aktuelle Lebenssituation unterschieden sich grundlegend. Missbilligend las Phil weiter. „Ich habe mich mit einem Ausbilder angelegt, der einen der Rekruten fertig gemacht hat? Ist das nicht ein bisschen plakativ?"

„Es rechtfertigt deine Entlassung, aber das war noch nicht alles, lies gefälligst fertig, bevor du meckerst!"

Phil scrollte weiter und schnappte nach Luft. „Ich habe einen Bruder mit einem Berg Schulden und will ihm helfen, diese abzutragen?"

„Immerhin hat er eine schwangere Frau und zwei kleine Kinder."

„Das ist derart dick aufgetragen, das nimmt mir doch keiner ab."

Cal schüttelte den Kopf. „Es passt perfekt zu deiner Tarnidentität. Wenn Lord Carley dich überprüft, wird er Unterlagen finden, die zeigen, dass du dich sehr für deine Familie einsetzt und deinen Bruder schon einmal unterstützt hast. Das erhöht deine Chancen, dass der Lord entspannt reagiert. Du hast keine Rücklagen aus deiner Zeit bei der Army, musst also zusehen, dass du das Geld reinbekommst und das möglichst zügig."

Phil drehte sich Hilfe suchend zu Alec, der in der Nähe stand, doch der winkte ab. „Du willst Fred eine objektive Chance geben, also freunde dich mit deiner Vita an."

Während Phil sich zähneknirschend den Laptop schnappte, um sein neues Leben auswendig zu lernen, wandte sich Alec seinen Männern zu.

„Sobald die Ausrüstung komplett ist und wir mit den Vorbereitungen fertig sind, könnt ihr den Abend frei machen. Ach Ed, wenn Phil nach Schottland reist, hältst du hier die Stellung und koordinierst beide Teams."

Phil warf Ed einen kurzen Blick zu und erkannte, wie vermutlich auch Alec, einen Anflug von Frust in seinem Gesicht.

„Wir alle brauchen dich hier als Backup und Koordinator, kein Grund für irgendeine Form von Unzufriedenheit!", setzte Alec nach.

Ed hob entschuldigend die Hände und Alec fuhr fort: „Also, noch mal zusammengefasst: Ein uns nicht bekannter Zwischenhändler kauft die Waffen von Nordkorea und bringt sie angeblich nach Bandar Anzali im Iran. Von dort sollen sie per Boot über das Kaspische Meer nach Russland verschifft werden."

David legte passende Satellitenbilder auf den großen Wandbildschirm. „Hier sind aktuelle Aufnahmen des Hafenviertels. Der MI5 vermutet, dass die Waffen dort irgendwo zwischengelagert werden, bevor sie auf Boote verladen werden. Wir sind da ehrlich gesagt anderer Meinung." Er warf einen kurzen Blick auf Alec, dann sprach er weiter: „Wir haben unsere eigene Aufklärung angewiesen, sich hier umzusehen."

Er deutete auf einen Bereich außerhalb der Stadt. „Die Gegend kennen wir. Viele Lagerhäuser, verwinkelte Gassen, kaum Wohn- oder Geschäftshäuser. Der MI5 ist der Ansicht, dass so weit außerhalb keine derart wichtigen Waren gelagert werden. Unsere Jungs von der Aufklärung sehen das anders und sind dran."

Jo setzte sich kopfschüttelnd neben ihn. „Wir haben außerdem Kontakt zu Latif aufgenommen. Er hat ein paar Gerüchte aufgeschnappt, denen er nachgeht. Wenn wir Glück haben, meldet er sich schon morgen bei uns."

Phil kippelte mit seinem Stuhl nach hinten. Obwohl er sich mit seiner Vita beschäftigen sollte, konzentrierte er sich nun auf die Einsatzplanung des Teams. Auch wenn er nicht daran teilnahm, wollte er auf dem aktuellen Stand sein. Latif war ein Informant, den sie seit Jahren kannten. Er hatte in Oxford studiert und später im Iran ein erfolgreiches eigenes Unternehmen geführt, bis die aktuelle politische Lage dies nicht mehr zuließ. Er hatte ihnen schon einige Male geholfen, und sie hofften, dass er auch jetzt ein paar Informationen für sie auftreiben konnte.

Phil fiel es schwer, bei der Sache zu bleiben. Er hatte vergeblich versucht, Fred Porter zu erreichen, aber nur eine Nachricht von ihm erhalten, dass er sich zeitnah melden würde. Phil brannte darauf, ihn über ihr geplantes Vorgehen zu informieren. Zudem würde Fred etwas Vorlauf brauchen, um ihn undercover einschleusen zu können. Aber es wäre nicht das erste Mal, dass sie improvisieren müssten. Gemeinsam würden sie es schon schaffen, und dann waren die Tage von Lord Carley, sofern es sich bei ihm um den gesuchten Waffenhändler handelte, gezählt. Und Freds tadelloser Ruf würde wieder hergestellt sein.

Phil schreckte auf, als Cal sich neben ihn setzte. „Ich hoffe, du bleibst objektiv und rennst nicht wider besseres Wissen in die Gefahr, nur weil du Freds Unschuld beweisen willst!"

Wie so oft hielt Cal keine langen Reden, sondern kam direkt auf den Punkt. Phil schnaubte entnervt und rückte seinen Stuhl nach hinten, aber Cal griff nach seinem

Arm. „Ich weiß, wie eng euer Verhältnis ist und dass du bei ihm nicht immer objektiv sein kannst."

Cal hob abwehrend die Hände und fuhr fort: „Das war keine Kritik, sondern eine Feststellung. Wir sind alle nicht neutral, wenn es um Menschen geht, die uns etwas bedeuten. Du hast verdammt wenig Freunde, die du an dich ran lässt und mit denen du einen ernsthaften Umgang pflegst." Er stand auf. „Also denk einfach darüber nach und zerfleisch mich nicht, nur weil ich dich kenne." Er legte Phil im Gehen die Hand auf die verletzte Schulter. „Sei vorsichtig."

Phil presste die Kiefer aufeinander und schaute Cal nach. Wut kroch in ihm hoch. Was verdammt noch mal erlaubte sich Cal? Am liebsten hätte Phil hinter ihm hergebrüllt, doch er hielt sich zurück. Denn dummerweise hatte Cal exakt seinen wunden Punkt getroffen. Er hatte kaum Menschen in seinem Leben, die ihm wichtig waren. Seine Schwester Lily und das Team waren seine Familie, mehr brauchte er nicht. Seine Verwandten sah er kaum, obwohl er in den Jahren, bevor er zur Army ging, bei seiner Tante und seinem Onkel aufgewachsen war. Ihr Leben war zu unterschiedlich und er legte schlicht keinen Wert auf die High Society, in der sie sich bewegten. Dass er selbst ebenfalls zu dieser gehörte, verdrängte er. Er hatte keinerlei Interesse an seinem Adelstitel und dem dazugehörigen Prunk und Protz.

Was in seinem Leben zählte, hatte er sich selbst erarbeitet. Er war verdammt gut in seinem Job und genoss es, Teil eines hochprofessionellen Teams zu sein. Fred hatte einen immensen Anteil daran. Auch wenn ihr Kontakt in letzter Zeit nicht besonders intensiv gewesen war, hatte sich sein ehemaliger Ausbilder sicherlich nicht so sehr verändert, dass er sich jetzt an der Seite von Waffenhändlern und Kriminellen bewegte.

6

Am nächsten Morgen kamen sie erneut zusammen. Die Nacht war kurz gewesen. Phil fühlte sich unausgeschlafen, und so hatte er schon die zweite Tasse Tee vor sich. Das Gebräu war so stark, dass es nur noch entfernt an Tee erinnerte. Mit einem Seufzen gab Phil einen weiteren Schluck Milch hinzu, um den bitteren Geschmack ein wenig abzumildern.

Ein Blick auf Alec und den Rest des Teams zeigte, dass er nicht als einziger müde war. Der eigentlich freie Abend hatte für alle spät geendet. David fuhr sich mit beiden Händen übers Gesicht und gähnte ungeniert, bevor er die neuesten Daten auf den Wandbildschirm projizierte.

„Dann wollen wir mal. Leider hat Latif keine detaillierteren Informationen liefern können. Unsere eigene Aufklärung hat auch nichts Neues. Wir sind keinen Schritt weitergekommen und müssen vor Ort improvisieren, wenn nicht noch kurzfristig neue Erkenntnisse reinkommen."

Alec stöhnte frustriert auf. „Im Klartext heißt das, wir wissen, dass die Waffen von irgendwo im Hafen in Bandar Anzali nach irgendwo in Russland verbracht werden. Wir müssen das verhindern. Ohne Details, ohne Aufklärung."

„Ist doch ein Job wie üblich!", kommentierte Phil.

Die Männer grinsten über seinen Spruch und die Anspannung ließ etwas nach. In der Tat war es nicht das erste Mal, dass sie bis zu ihrer Ankunft vor Ort nicht exakt wussten, was auf sie zukam. Doch das war ihr Job und den hatten sie noch jedes Mal erledigt. Schließlich wurde ihre Einheit immer dann eingesetzt, wenn ein reguläres Team an seine Grenzen stoßen würde. Die Special-Operations-Teams, kurz *SPOT*, setzten sich aus hoch spezialisierten Männern zusammen, die sich in ihren Erfahrungen und Fähigkeiten optimal ergänzten. Die gemeinsamen Trainings und die Einsätze hatten sie eng zusammengeschweißt. Sie kannten sich besser als ihre Familien und konnten sich blind aufeinander verlassen. Ihr oft unkonventionelles Vorgehen und ihr Talent, auch in den unmöglichsten Situationen zu improvisieren, ließen sie ihre Einsätze erfolgreich abschließen. Phil sah zu Alec hinüber.

In den letzten Jahren waren sie mehrfach im Mittleren Osten gewesen, kannten sich vor allem in der Region um Teheran und Isfahan gut aus und konnten ohne große Vorbereitungszeit loslegen. Daher war es eine nachvollziehbare Schlussfolgerung, ihr Team dort einzusetzen. Eine Militärmaschine würde sie bis in die Nähe des Zielgebiets fliegen, wo sie per Fallschirm abspringen würden. Vom Infiltrationspunkt aus würden sie sich zu einer Unterkunft im Hafenviertel von Bandar Anzali aufmachen und sich von diesem Quartier aus um ihren Auftrag kümmern.

Die Männer gingen anhand detaillierter Aufnahmen gerade mögliche Optionen durch, wo sie nach dem HA-LO-Sprung am besten landen konnten, als Davids Handy klingelte. Er warf einen Blick auf das Display. Rasch nahm er ab. „Latif."

Konzentriert lauschte er, was der Informant ihm mitteilte. Nach einer Weile entspannten sich Davids Gesichtszüge. „Latif, ich kann dir nicht genug danken, wir stehen tief in deiner Schuld. Sobald ich alles abgeklärt habe, melde ich mich."

Förmlich verabschiedete er sich und lehnte sich aufatmend im Stuhl zurück. „Latif hat einen Kontakt herstellen können, der uns mit ein wenig Glück genau die Informationen liefern kann, die wir brauchen. Sein Neffe verfügt über Beziehungen, überwiegend in Teheran, und hat Insiderwissen über die anstehende Waffenlieferung!"

Verblüfft sah Alec ihn an. „Das könnte den Durchbruch bringen. Was sollst du noch abklären?"

„Latif trifft sich in einer Stunde mit seinem Neffen. Dieser ist bereit, mit uns zu sprechen, allerdings nur in einem Videocall. Er will wissen, mit wem er es zu tun hat, das ist seine Voraussetzung!"

Alec verschränkte die Arme vor der Brust. „Völlig unmöglich, das Sicherheitsrisiko ist unvertretbar. Wenn das die Bedingung ist, werden wir auf diesen Kontakt verzichten müssen!“

Cal stand auf. „Lass uns das Angebot nicht von vornherein ablehnen. Wir kennen Latif seit Jahren. Er hat uns noch nie einen Grund gegeben, an seiner Vertrauenswürdigkeit zu zweifeln.“

Alec stimmte widerwillig zu. Latif war in der Tat ein Mann, den Phil als absolut integer bezeichnen würde.

Cal stützte die Arme auf den Tisch und fuhr fort: „Die Frage ist, ob wir es uns leisten können, auf Insiderinfos über die Waffenlieferung zu verzichten. Lass uns mit dem MI5 Rücksprache halten, ob das Risiko nicht doch vertretbar ist. Wir lassen das Gespräch über eine sichere Leitung laufen. Du weißt, wie hoch unser Sicherheitsstandard ist. Gib mir ein paar Minuten Zeit, dann kann ich überprüfen, ob einer unserer Satelliten in der Nähe ist. Wenn wir einen Treffpunkt vorgeben, der relativ offen ist, kann ich dafür sorgen, dass dieser ab sofort überwacht wird. Dann können wir den Videocall quasi zusätzlich von oben mitansehen.“

Alec griff nach seinem Handy. „Du hast recht. Kümmere dich um den Satelliten. Sofern wir einen in Position haben, gib Latif einen Treffpunkt vor, der unseren Anforderungen entspricht. Ich bespreche mich mit Agent Stevens. Sollte das Ganze doch nicht zustande kommen, können wir Latif immer noch absagen.“

Er ging zügig aus dem Raum, um zu telefonieren. Als er nach nur fünf Minuten zurückkam, blickte Phil ihn überrascht an.

„Du hast eine Absage erhalten, war ja klar. Als ob sich diese Theoretiker jemals mit unserer Arbeit beschäftigt hätten. Aber nein, Hauptsache eine Entscheidung treffen, ohne das Für und Wider abzuwägen." Phil schnaubte auf.

„Du kannst dir deine Empörung sparen. Oder sollte ich besser sagen, du solltest dich lieber darüber aufregen, dass sich diese Geistesriesen keinerlei Gedanken machen, in welche Gefahr sie uns bringen, sollte der Videocall doch mitgeschnitten werden. Der MI5 hat euphorisch zugestimmt und mir mehr oder weniger den Befehl gegeben, diese Möglichkeit auf keinen Fall ungenutzt zu lassen. Für sie ist die Kontaktperson ein Sechser im Lotto." Er ließ sich auf einen der Stühle fallen. „David, hast du Latif schon kontaktiert?"

„Ich kann zwar einiges, aber zaubern gehört nicht dazu. Ich warte noch auf die Rückmeldung wegen des Satelliten."

Alec beugte sich vor. „Ruf Latif trotzdem schon an. Sag ihm, wir sind einverstanden, aber nur, wenn er in Vorleistung tritt und uns den Namen seines Neffen mitteilt. Außerdem will ich wissen, was die Beweggründe dafür sind, dass sich dieser derart in Gefahr begibt."

„Geht klar." David nahm sein Telefon zur Hand.

Während sich der Rest der Männer wieder an ihre Aufgaben machte, ging Alec zu Phil hinüber.

„Agent Stevens hat endlich die Akte über den Lord freigegeben."

„Der Näselnde?", fragte Phil spöttisch.

Alec verdrehte kurz die Augen. „Spar dir deine Scherze." Dann fuhr er fort:

„Ich hab nur einen kurzen Blick in die Unterlagen geworfen, bin aber ehrlich gesagt erstaunt, wie umfangreich sie sind. Mach dir selbst ein Bild, ich hab dir die Dokumente gerade gemailt. Nimm Cal zu Hilfe, der muss ohnehin noch mal deine Cover-Identität überarbeiten."

Phil schnappte sich seinen Laptop und setzte sich zu Cal an den Tisch. Während dieser konzentriert auf der Tastatur herumtippte, öffnete Phil seine E-Mails. Der Anhang war deutlich größer als erwartet.

Nach einigen Minuten hatte Phil das Gefühl, in einem Lexikon der Grausamkeiten zu blättern. Unzählige Bilder von Anschlägen, Bürgerkriegen und kriegerischen Auseinandersetzungen reihten sich aneinander. Der Lord schien zu liefern, was gewünscht wurde. Die Aufzählungen begannen mit alten AK-47 und endeten mit hochmodernen Drohnen und Taurus-Marschflugkörpern. Phil konnte nicht glauben, was er da las. Nach einer halben Stunde schloss er angewidert die Dateien. „Für wen riskieren wir eigentlich so oft unser Leben, wenn es Kriminelle wie ihn gibt, die dir auf Knopfdruck einen Krieg liefern?"

Cal blickte zu ihm rüber. „Ich hatte auch das Gefühl, mich fast übergeben zu müssen, dabei habe ich erst die Fotos gesehen. Wenn du auf deine Frage eine Antwort willst, sitzen wir die nächsten Tage noch hier. Das ist nichts, was wir eben mal zwischendurch ausdiskutieren können. Aber ich weiß, was du meinst. Es macht einen wütend, der Sache so hilflos gegenüberzustehen. Bisher sind das alles nur Indizien, es gibt keine Belege, dass Lord Carley der Waffenhändler ist, den das MI5 den Lord nennt. Aber wenn alles so läuft, wie wir es uns vorstellen, sind wir auf einem guten Weg, genug Beweise in die Hände zu bekommen, um diesem Kerl das Handwerk zu legen, wer auch immer dahintersteckt."

Kurz bevor die Stunde, die Latif ihnen als Frist gesetzt hatte, verstrichen war, versammelte sich das Team um den Konferenztisch. David startete das Videocall-Programm und wenig später erschien Latif auf dem Bildschirm. Er hatte den Arm um die Schultern eines jüngeren Mannes gelegt. Wie vereinbart stand er an dem abgelegenen Strandabschnitt, den David ihm genannt hatte. Trotz der Wellen, die hinter ihm an den Strand schlugen, war er gut zu verstehen, als er sie begrüßte. „Ich bin sehr erleichtert, meine Freunde, dass Sie zu diesem ungewöhnlichen Gespräch bereit sind. Auch mein Neffe Amir ist Ihnen sehr dankbar, dass Sie sich Zeit für ihn nehmen." Latif machte unaufgefordert mit dem Smartphone eine Dreihundertsechziggraddrehung. Die Handykamera zeigte ihnen den leeren Strandabschnitt.

„Wie Sie sehen, ist niemand in der Nähe und ich verbürge mich dafür, dass unser Gespräch nicht abgehört oder mitgeschnitten wird."

Alec nickte ihm zu. „Wir schätzen Sie sehr und wissen, dass Sie ein ehrenvoller Mann sind. Sie haben uns nie hintergangen."

Während des unverbindlich Vorgeplänkels hatte Ed per Satellit die Position von Latif und seinem Neffen überprüft. Alles in Ordnung. Auf sein Zeichen hin übernahm David erneut das Gespräch. „Wir möchten nicht unhöflich sein, Latif, aber leider haben wir nicht allzu viel Zeit. Was hat Ihr Neffe uns zu sagen?"

Latif schob seinen Neffen nach vorne. Dieser übernahm das Handy von Latif, sodass er nun näher am Bildschirm stand. Phil stellte fest, dass Amir etwas älter war, als er zunächst geschätzt hatte. Sicherlich um die dreißig Jahre. Amir war schlank, hatte ein scharf geschnittenes Gesicht und auffallend helle Augen. Er wirkte angespannt und unter Druck. Kein Wunder, wenn man bedachte, dass er ihnen angebliche Insiderinformationen liefern wollte. Amir atmete durch.

„Ich habe meinen Onkel schon vor gut einem Jahr um Hilfe gebeten. Ich kann nicht länger mit meinem Gewissen vereinbaren, was ich weiß. Aus diesem Grund ist mein Onkel auch jetzt an mich herangetreten und hat mir von Ihrem Anliegen erzählt. Ich bin mir sicher, ich kann Ihnen weiterhelfen. Mein Vater ist Geschäftsführer des Carley-Group-Hotels in Teheran, ich bin sein Stellvertreter und quasi in diesem Hotel aufgewachsen. Meine Ausbildung habe ich im Hotel gemacht und arbeite seit fast fünfzehn Jahren dort. Nach und nach wurde ich ins Vertrauen gezogen. Vor Jahren schon wurde ich informiert, dass Lord Carley einen lukrativen Nebenerwerb über das Hotel abwickelt. Seit einiger Zeit weiß ich, dass es sich dabei um Waffenschmuggel handelt. Ich bin kein Pazifist. Ich weiß, dass es Situationen gibt, in denen man nicht miteinander sprechen kann, um eine Lösung zu finden. Dann, wenn das Gegenüber nicht zu einer Lösungsfindung bereit ist, sondern sich nimmt, was es will, ohne Rücksicht auf Verluste."

Amir warf einen um Verständnis bittenden Blick in die Runde. Doch alle ließen das Gesagte unkommentiert. David machte eine auffordernde Geste. „Sprechen Sie weiter."

Amir seufzte leise und fuhr fort: „Die Zeiten haben sich geändert. Ich habe eine Familie, Kinder. Die Welt hat sich in den letzten Jahren massiv gewandelt und ich mache mir Sorgen um die Zukunft."

Er blickte abwesend, so als ob die Erinnerung ihn einholte. Dann riss er sich zusammen. „Entschuldigen Sie, ich schweife ab." Amir lächelte leicht, bevor er weitersprach: „Lord Carley nutzt seine Hotels, um Waffen zu verschieben. Sie dienen als Kontakt, hier werden Aufträge entgegengenommen, Lieferungen kommen im Hotel an und werden von dort aus an den Zielort gebracht. Es gibt keinen direkten Zusammenhang mit Lord Carley, alles läuft über E-Mail-Konten, eine Homepage im Darknet, niemals gibt es offene Gespräche. Dennoch fungieren viele Hotels als Mittler, da die Geschäftsführer Teil der Organisation sind. Alle Aufträge laufen über sie, sie allein haben Kontakt zu Carley."

„Das heißt, im Ernstfall fliegen die Geschäftsführer der Hotels auf, Spuren zu Lord Carley sind nicht zu finden?"

„Sie sagen es. Ich habe begonnen, Lieferungen zu dokumentieren und E-Mails kopiert. Alles ist in einer Cloud, ich nenne Ihnen die nötigen Zugangsdaten. Vor einiger Zeit konnte ich an die Daten der Übersee-Konten gelangen. Ich hoffe sehr, dass es Ihnen gelingt, mithilfe aller Unterlagen eine Verbindung zu Carley herzustellen. Davon abgesehen können Sie eine Drohnenlieferung, die in den nächsten Tagen von Bandar Anzali in Richtung Russland verschifft werden soll, abfangen. Ich habe den Liegeplatz und den Namen des Schiffs herausgefunden. Die Informationen befinden sich ebenfalls in den Unterlagen. Es sind Hinweise, Indizien, aber ich hoffe, es ist ausreichend für Sie, um den Lord zu überführen."

Am Konferenztisch herrschte Schweigen. Wenn die Unterlagen das stützten, wovon Amir ihnen eben berichtet hatte, war das der erhoffte Durchbruch. Cal nahm das Gespräch wieder auf.

„Wie Sie sehen, Amir, sind wir sprachlos. Wenn Ihre Fakten das eben Gesagte untermauern, könnten wir haben, was wir brauchen."

Amir kniff gereizt die Augen zusammen. „Die Unterlagen beweisen exakt das, was ich gesagt habe!"

„Das war keine Kritik, Amir", beruhigte ihn Cal. „Die Frage, die wir uns nur alle stellen, ist, warum tun Sie das? Weshalb riskieren Sie Ihr Leben, um uns diese Informationen zu geben?"

Amir trat einen Schritt zurück und sah seinen Onkel an. Latif nickte ihm zu und Amir wandte sich wieder an das Team. „Vorrangig geht es um meine Familie, meine Kinder. Ich möchte, dass sie ein anderes Leben leben können. Doch da ist noch etwas: Francis Carley war mein bester Freund. Er war wie ein Bruder für mich, und ich kann nicht vergessen, was sein Vater ihm angetan hat."

Alec mischte sich ein. „Was hat Lord Carley getan, Amir?" Der hob den Blick und sah Alec fest in die Augen. „Er hat seinen eigenen Sohn ermorden lassen!"

Sprachlos blickte Phil in die Runde. Mit so einer Information hatten sie nicht gerechnet.

Amir fuhr fort: „Ich kann viele Dinge mit meinen persönlichen Wertvorstellungen übereinbringen. Aber dass Carley seinen Sohn ermorden ließ, weil dieser den Waffenhandel seines Vaters nicht unterstützen wollte, kann ich nicht vergessen. Er war so ein guter Mensch und kurz davor, eine eigene Familie zu gründen. Ich habe keine Beweise, die ich Ihnen hierzu geben kann. Nur mein Wort, dass er es mir gegenüber zugegeben hat."

„Wollen Sie sich rächen?"

Amirs Mund bekam einen traurigen Zug. „Nein. Meinen Freund bringt es mir nicht mehr zurück, aber wenn Sie Carley aus dem Verkehr ziehen, werden viele Orte auf der Welt sicherer."

„Sie wissen, dass Sie damit Ihren eigenen Vater belasten und sich und Ihre Familie in große Gefahr bringen?"

„Das Leben, das ich jetzt lebe, will ich nicht länger für meine Familie. Meine Töchter sollen stolz auf mich sein und die Möglichkeit bekommen, ihr Leben selbst zu gestalten. Vielleicht sogar im Ausland studieren. Nennen Sie meinen Namen nicht, so wird mir niemand so schnell auf die Spur kommen." Er zögerte. „Wenn alles gut ausgegangen ist, kontaktiere ich Sie. Vielleicht ergibt sich dann die Gelegenheit, über meine Zukunft zu sprechen."

7

Die Dämmerung setzte ein, als Phil endlich Richtung Schottland aufbrach. Die Besprechungen hatten länger gedauert als erwartet.

Schlussendlich aber hatte ihr Team mehr oder weniger freie Hand und die geforderte Unterstützung zugesagt bekommen. Phil würde, in Absprache mit Fred, von diesem als zusätzlicher Security-Mitarbeiter angestellt werden. Da er laut seiner Vita dringend Geld brauchte und Fred von früher kannte, hatte er ihn nach einem Job gefragt. Egal was, er würde arbeiten und keine Fragen stellen. Diese Haltung war Phil fremd, doch er wusste, dass viele Menschen ihre Grundsätze vergaßen und nur das Geld wollten. Also würde Phil Andrews, wie er ab sofort hieß, sich entsprechend verhalten. Jetzt musste er nur noch rechtzeitig den Treffpunkt erreichen. Mindestens neun Stunden Fahrt lagen vor ihm. Fred hatte kaum die Möglichkeit gehabt, sich an den Besprechungen zu beteiligen. Morgen früh aber, so hoffte Phil, würde er für eine Weile unauffällig verschwinden können. Diese Zeit mussten sie nutzen, um sich ungestört auszutauschen. Später würden sie dazu sicherlich keine Gelegenheit mehr haben. Er schaltete das Radio ein und ließ sich von den Klängen der *Red Hot Chili Peppers* auf die M6 begleiten.

Stunden später fuhr Phil von der Autobahn ab. Die letzten Kilometer musste er auf einer Landstraße zurücklegen, die ihn in die Highlands führte. Er starrte in die Dunkelheit. Die Scheibenwischer arbeiteten vergeblich gegen die Wassermassen auf der Frontscheibe seines Land Rovers an. Die Sicht betrug keine fünf Meter. Mangels Alternative folgte Phil im Schneckentempo der Straße und hoffte, seinem Ziel endlich näher zu kommen. Er fuhr sich mit der Hand über die schmerzende Schulter, als der Wagen plötzlich ein tiefes Schlagloch traf. Eine kurze Pause einzulegen, wäre das Beste, doch er war nicht sicher, wie lange Fred auf ihn warten konnte.

Die Hinweisschilder waren durch den dichten Regen kaum zu erkennen; Phil hoffte, keines zu übersehen. Mit ein bisschen Glück würde die alte Kapelle irgendwann auftauchen. Wenn nicht, hatte er sich ernsthaft verfahren. Auf den Spott, der ihm dann von Fred drohte, würde er gern verzichten. Der Wind schlug den Regen jetzt in Böen gegen die Fahrerseite. Nicht zum ersten Mal verfluchte er Freds Leidenschaft für abgelegene Gebäude. Von jeher hatte dieser einsame Treffpunkte bevorzugt. Die Straße war mittlerweile so eng, dass er kaum vorausschauen konnte. Als hinter der nächsten Biegung endlich etwas im Scheinwerferlicht auftauchte, das mit viel Fantasie als eine Kapelle durchgehen konnte, war weit und breit kein anderes Auto zu sehen. Entweder war Fred noch nicht da, oder er hatte den Wagen abseits geparkt und wartete in der Kapelle, was Phil gut verstand. Er hielt an und schätzte mit einem Blick die Distanz bis zu der hölzernen Kirchentür als machbar ein. Wenn der Wind halbwegs mitspielte, konnte er das Gebäude trocken erreichen. Phil öffnete die Wagentür. Eine kräftige Windböe klatschte ihm den Regen direkt ins Gesicht. „Na wunderbar!" Er drehte sich zurück ins Auto, um nach seiner Jacke auf dem Rücksitz zu greifen, als die Beifahrertür geöffnet wurde. Ein Mann in dunkler Regenjacke ließ sich auf den Sitz fallen. Reflexartig schoss Phils Hand vor, um den Unbekannten zu packen, er hielt jedoch inne, als er Fred erkannte.

Fluchend ließ Phil seine Hand sinken. „Himmel noch mal, bist du lebensmüde?"

Fred winkte lachend ab. „Mit dir nehme ich es noch lange auf! Mach die Tür zu und fahr los, ist besser, dein Wagen wird hier nicht gesehen!"

Während Fred in aller Ruhe die nasse Jacke auszog, startete Phil den Wagen. „Hier ist doch weit und breit kein Mensch! An welchen noch einsameren Ort darf ich fahren?"

Ein lautes Lachen ertönte vom Beifahrersitz, während Phil sich abmühte, den Wagen auf dem schmalen Weg zu wenden. „Immer noch dasselbe rotzfreche Mundwerk, Youngster! Fahr dort vorne nach links und dann den Hügel hinauf. In ein paar hundert Metern haben wir eine wunderbare Aussicht!"

Phil war schlau genug, den Mund zu halten, und verbiss sich den Fluch, der ihm auf den Lippen lag. Sein Wagen quälte sich die schmale Straße hinauf, während die Zweige der Büsche, die den engen Hohlweg säumten, wie Fingernägel über die Karosserie kratzten.

Als sie nach einer letzten, steilen Kurve ein kleines Plateau erreichten, wurde ihm klar, warum Fred erst hier oben mit ihm sprechen wollte. Außer einem alten, ausladenden Weißdorn war die Ebene frei und überschaubar. Die einsetzende Morgendämmerung reichte aus, um einen guten Überblick zu haben. Unerwünschte Besucher würden ihnen auffallen. Drei Wege führten in unterschiedliche Richtungen vom Hügel hinunter. Wenn Fred einen so übersichtlichen Ort wählte, hatte er einen Anlass. Phil stoppte den Wagen im Schutz des Baumes und stellte den Motor ab. „Ich hoffe, du hast einen verdammt guten Grund, warum ich mich morgens um halb sechs von dir hierher lotsen lasse!" Er drehte sich zu Fred. Der hatte sich in den letzten zwei Jahren kaum verändert. Vielleicht umrahmten ein paar Falten mehr die blauen Augen. Der knallharte Blick jedoch war gleich geblieben. Phil sah ihn ebenso unnachgiebig an.

„Aber zuerst will ich deine Version hören, und zwar vollständig!" Phil war sich bewusst, dass Fred ihn ausgebildet hatte, aber mittlerweile waren sie in gewisser Hinsicht ebenbürtig. „Ausreden oder Ausflüchte sind keine Option. Wenn du nicht ehrlich bist, werde ich den

Teufel tun und mich auf diese Undercover-Mission einlassen." Er hielt Freds Blick stand, bis dieser zuerst wegschaute.

„Dafür müsste ich dich eigentlich die nächsten Wochenenden durch die wunderschöne Berglandschaft hier jagen, aber du hast recht." Fred räusperte sich und lehnte sich dann umständlich im Sitz zurück. Mit den Augen verfolgte er die Regentropfen, die noch immer auf die Windschutzscheibe prasselten. „Meine Zeit als Private Military Constructor ging zu Ende und ich war ehrlich gesagt froh, nicht länger als privater Dienstleister in Krisengebieten staatliche Aufträge durchführen zu müssen. Allerdings sind meine Fähigkeiten im Sicherheitsbereich sehr gefragt, und so habe ich die Stelle als Sicherheitschef bei Lord Carley angenommen. Der Job stellte sich als relativ entspannt raus. Alles in allem war das vorhandene Sicherheitskonzept bereits auffallend gut. Das Personal ist erstklassig geschult, die Sicherheitssysteme habe ich noch einmal modernisiert, aber auch das war mehr eine Spielerei auf hohem Niveau als notwendig. Seit dem Tod seines Sohnes vermeidet der Lord zudem alle Orte, an denen die Sicherheitsrisiken zu hoch sind." Fred machte eine Pause.

„Vielleicht gab es den einen oder anderen Punkt, an dem ich misstrauisch hätte werden müssen. Lord Carleys Reiserouten ergaben nicht immer Sinn, aber ich habe es als Spleen abgetan, dachte, er will halt immer wieder persönlich in verschiedenen Hotels vorbeischauen, auch wenn es nicht zwingend nötig war. Aber ich war froh, einen entspannten und gut bezahlten Job zu haben. Die Gästeliste habe ich durch Zufall in die Hände bekommen. Wir waren auf dem Rückweg von Edinburgh und kamen erst spätabends an. Die Mappe lag auf dem Rücksitz, Lord Carley hatte sie vergessen, und ich nahm sie an mich, um sie ins Haus zu bringen. Ein paar Blätter rutschten heraus, auch das mit der Liste. Ich hab kaum draufgeschaut, als ich es in die Mappe zurücklegte, aber dann blieb mein Blick an einem der Namen hängen und ich sah mir die Liste genauer an. Ich bin über mehrere Namen gestolpert, die mir bekannt vorkamen. Alles Familienmitglieder gesuchter Terroristen. Schwager, Bruder, Sohn, alles enge Verwandte."

Er sah Phil fest in die Augen. „Auch wenn du die Frage nicht gestellt hast – ich bin Land und Krone noch immer verpflichtet, daran hat sich verdammt noch mal nichts geändert! Ich werde für nichts und niemanden einen Verrat begehen!"

Fred war mit jedem Wort lauter geworden. Phil hatte genau auf diese Reaktion gehofft und atmete erleichtert durch. Ihr ehemaliger Ausbilder war durch nichts aus der Ruhe zu bringen. Einzig wenn man seine Loyalität infrage stellte, wurde er zur Furie.

„Danke für deine Offenheit, Fred".

Dieser schnaubte nur missmutig. Phil griff nach seinem Tablet-PC und fuhr fort: „Ich bringe dich mal auf den neuesten Stand, was die Gäste betrifft. Du hattest recht. Wir haben die Namen Familien zuordnen können, denen eine Mitgliedschaft oder Nähe zu Terrororganisationen nachgesagt wird. Aber die Namen der Gäste standen auf keiner Passagierliste, auch nicht bei Privatjets. Die beiden Jets der Carley Group haben alle erforderlichen Reisedokumente eingereicht – mit vollkommen anderen Namen. Wir gehen davon aus, dass die Pässe und alle notwendigen Papiere gefälscht sind. Ed ist sich sicher, kann es aber, ohne die Dokumente vor sich zu haben, nicht beweisen. Die Fotos und die dazugehörigen biometrischen Daten untermauern unseren Verdacht, aber wie gesagt, ohne die Pässe sind das nur Indizien. Aber erzähl weiter, was hast du mit den Unterlagen gemacht?"

„Was hätte ich deiner Meinung nach machen sollen? Ich habe sie abfotografiert und dann selbst versucht, etwas über die Namen herauszufinden. Leider hat mich das nicht weit genug gebracht. Nachdem ich dann zufällig dieses merkwürdige Telefonat mitangehört habe, habe ich dich eingeschaltet."

„Hast du den Lord auf die Unterlagen angesprochen, oder hat er irgendwie gemerkt, dass du das Gespräch belauscht hast?"

„Ich hatte nicht den Eindruck, dass er Verdacht geschöpft hat. Und natürlich habe ich ihn nicht darauf angesprochen, weder auf die Unterlagen noch auf das Telefonat. Hältst du mich für verrückt?"

Phil grinste. Fred hob die Hand und winkte lässig ab. Dann wurde er erneut ernst. „Auch wenn mein Job entspannt war und ich bisher keinen Anlass hatte, an der Integrität meines Arbeitgebers zu zweifeln: Die Gästeliste spricht eine eindeutige Sprache. Personen mit nachgewiesenen Verbindungen zu Terrororganisationen auf dem Weg nach Schottland, in Kombination mit dem Telefonat, da schrillen doch bei jedem von uns die Alarmglocken. Mir war und ist klar, dass ich der Sache nicht allein auf die Spur kommen kann. Ich brauche einen zweiten Mann als Backup. Zusammen sollte es uns gelingen, die Angelegenheit aufzuklären. Wenn der Verdacht des Geheimdienstes stimmt, dass Lord Carley der Waffenhändler ist, finden wir das heraus."

„Hast du meine Einstellung als neuer Security-Mann mit ihm abgesprochen?"

Fred nickte. „War keine große Sache. Aufgrund der vielen Gäste konnte ich das problemlos mit potenziellen Sicherheitsrisiken begründen. Die Aufstockung des Personals dient der Risikominderung und dem Schutz der Gäste."

„Hat er meine Vita gecheckt?"

„Das hat er, gründlich sogar. Er hatte keine Einwände."

Phil atmete durch. „Dann sehen wir zu, dass wir möglichst schnell Beweise finden und diesen Kerl aus dem Verkehr ziehen. Ich will mir gar nicht vorstellen, was hinter dieser Versammlung, zu der Familienmitglieder gefühlt sämtlicher Topterroristen eingeladen sind, noch stecken könnte."

„Jetzt mach die Situation nicht schlimmer, als sie ist!" Fred lehnte sich erstaunlich entspannt wirkend zurück, was Phil irritierte. Was war das für eine Reaktion?

Konnte doch etwas an dem Verdacht des Geheimdienstes dran sein, dass Fred von der Sache wusste oder gar darin verwickelt war? Phil rief sich innerlich zur Ordnung. Verdammt, er überdramatisierte. Das hier war Fred, einer der Menschen, denen er wirklich vertraute. Ihm fehlte schlicht eine ordentliche Portion Schlaf, das war sicher alles! Phil rieb sich mit beiden Händen über das Gesicht. „Ich schnappe mal kurz frische Luft.“

Da sie noch immer mutterseelenallein waren, stieg er aus dem Wagen aus und ging an den Rand des Plateaus. Der Regen hatte nachgelassen. Die ersten Lücken in den Wolken ließen die aufgehende Sonne hindurchblitzen. Die nassen Blätter des Weißdorns glitzerten im Morgenlicht und Lichtreflexe fingen sich in dem kleinen See unterhalb der Anhöhe. Für einen Moment ließ Phil sich von der Schönheit, die ihn umgab, ablenken. In der Nähe des Sees standen die Überreste eines Gebäudes. Das Dach war halb eingestürzt, die Rahmen der Fenster längst herausgebrochen. Dennoch ragten seine Mauern stolz in die aufgehende Morgensonne. Fast konnte man vergessen, dass von diesem einst sicher imposanten Bauwerk nicht mehr als ein dunkles Gerippe übrig war. Jetzt aber erstrahlte die Ruine im Licht der Sonne geradezu und wirkte stark und mächtig wie einst. So als würde sie jeden freimütig willkommen heißen und ihren Schutz anbieten. Phil fühlte die Anziehungskraft, die von den Mauern ausging. Seit seiner Kindheit liebte er den Geruch, die Atmosphäre, die alten Häusern zu eigen war. Fast konnte er den erdigen Duft der vermoosten Steine riechen. Ein leises Husten brachte ihn in die Gegenwart zurück. Entschuldigend hob Fred die Hand. „Ich störe dich ungern, aber ich muss los!"

Verlegen, dass er so abgetaucht war, fuhr Phil sich mit einer Hand durch die Haare. „Sorry, aber die Landschaft ist wirklich grandios." Er fischte den Autoschlüssel aus seiner Jeans und wollte in den Wagen steigen, aber Fred winkte ab.

„Von hier aus ist es zu Fuß nicht weit. Genieß die Aussicht, Youngster! Den Grundriss des Schlosses und ein paar Unterlagen habe ich dir ins Auto gelegt."

Fred warf ihm einen abwägenden Blick zu. „Vielleicht denkst du darüber nach, ob du nicht ein paar Wochen Urlaub hier verbringen willst, wenn wir mit dieser Sache fertig sind. Du siehst aus, als hättest du ihn dringend nötig."

Fred schlug ihm zum Abschied kräftig auf den Rücken. Glücklicherweise erwischte er nicht Phils linke Schulter. Er hatte Fred gegenüber nichts von seiner Verletzung erwähnt, um nicht auch noch hier auf die Ersatzbank verbannt zu werden. Er beobachtete, wie Fred eine seiner geliebten Zigarren aus der Jackentasche nestelte. Phil grinste ihn an.

„Sei vorsichtig, sonst nehme ich dich beim Wort und mache wirklich hier Urlaub. Eine Flasche Whisky schuldest du mir ohnehin und Zeit hast du ja dann sicherlich genug. Wenn die Sache vorbei ist, kannst du dir definitiv einen neuen Job suchen!"

Mit einem leichten Kopfschütteln wandte sich Fred von ihm ab. „Sieh lieber zu, dass du dir eine Runde Schlaf gönnst! In anderthalb Stunden trittst du deine neue Stelle an!"

8

Knapp neunzig Minuten später erreichte Phil das Anwesen der Familie Carley. Es lag etwa eine Autostunde nördlich von Inverness inmitten der Highlands. Die Landschaft war bestechend schön. Gedrungen wirkende Kiefern standen einzeln oder in kleinen Gruppen, umringt von der Heidelandschaft. Majestätische Berge hatten die sanften Hügel abgelöst und beeindruckten mit ihren schneebedeckten Gipfeln. Phil wusste, dass sich hier in der Nähe der nördlichste Teil des sogenannten Caledonian Forest befand, der ursprünglich fast ganz Schottland bedeckt hatte. Die Gegend wirkte wie eine raue, dramatische Kulisse und ließ ihn beinahe vergessen, warum er hier war. Kein Ort, an dem man einen potenziellen Waffenhändler vermutete, rief sich Phil ins Gedächtnis und versuchte, die beeindruckende Gegend auszublenden. Er war nicht zum Wandern und Genießen hier. In wenigen Minuten begann sein Undercover-Einsatz, er musste sich konzentrieren.

Die breite Auffahrt war von alten Bäumen gesäumt, deren kahle Äste in der Morgensonne bizarre Schatten auf den Weg warfen. Sie wandte sich einen Hügel hinauf und endete an einem Schloss aus verwittertem, grauem Stein, das die Landschaft überragte. Fasziniert ließ Phil seinen Blick über die alten Mauern und die seitlichen Erker des Schlosses gleiten. Ein wunderschönes Haus mit einer grandiosen Aussicht über die Highlands. Er wünschte, er wäre aus einem anderen Grund hier, denn um das Ambiente zu genießen, war jetzt wirklich der völlig falsche Zeitpunkt.

Am Rand des Vorplatzes sah er Fred in Begleitung eines Mannes stehen. Er parkte sein Auto neben einem alten Pritschenwagen und stieg aus. Mit einem freundlichen Gruß ging er auf die beiden Männer zu und stellte sich vor. Der Mann neben Fred war der Hausmeister, der Phil wortreich in seine zukünftigen Aufgaben einwies. Fred hatte ihn zwar als Sicherheitsmann für die Gäste eingestellt, aber da diese erst in ein paar Tagen erwartet wurden, sollte Phil sich überraschenderweise erst einmal um den Garten und alles, was sonst noch anfiel, kümmern.

Mit einem spöttischen Kommentar aus Freds Richtung holte Phil seine Tasche aus dem Auto und folgte dem Hausmeister, der noch immer die anstehenden Aufgaben aufzählte, ins Gebäude. Er führte ihn so rasch durch die Gänge, dass Phil kaum die Gelegenheit hatte, sich umzusehen. In einem Seitentrakt bekam er ein Zimmer zugewiesen und einen Satz Arbeitskleidung in die Hand gedrückt. Als er endlich allein war, ließ er verdutzt seinen Blick durch den einfach eingerichteten Raum gleiten. Außer Bett, Schrank, einer Kommode und einem Stuhl gab es keine Möbel, aber alles sah sauber und gepflegt aus.

Da der Hausmeister auf ihn wartete, zog Phil rasch seine Arbeitskleidung an. Erfreut stellte er fest, dass sein Zimmer den Vorteil hatte, direkt gegenüber der Waschküche zu liegen. Hier würde er vor allem in den Abendstunden kaum auf Menschen treffen, schließlich wurde die Wäsche eher tagsüber erledigt. Ein Hinterausgang verschaffte ihm einen weiteren Vorteil.

Als er wenige Minuten später aus dem Haus trat, um seine Arbeit zu beginnen, hielt ein Ruf ihn auf. „Mr Andrews, wenn Sie bitte kurz warten!" Ein Mann, der dem altmodisch wirkenden Frack nach zu urteilen der Butler sein musste, kam auf ihn zu.

„Lord Carley wünscht, Sie zu sehen. Ich begleite Sie zu seiner Lordschaft." Der Butler wies ihn mit einer Geste an, ihm zu folgen, und ging dann vor. Phil entging nicht, dass dieser ihn mit gerunzelter Stirn gemustert hatte. Er blickte rasch an sich runter. Die Kleidung sah sauber aus, wenn auch ein wenig abgetragen. Seine Tarnidentität war absolut sicher, darüber machte er sich keine Sorgen. Insofern war dies wohl einfach nur der Antrittsbesuch beim Herrn des Hauses. Er folgte dem Butler, der steif und formvollendet vor ihm her schritt, in die in einem Seitentrakt gelegene Bibliothek. Über dicke, weiche Teppichböden ging es den Flur entlang. Riesige Ölgemälde blickten auf sie herab. Während sie die Ahnengalerie passierten, erfasste Phil die unauffällig platzierten Überwachungskameras. Fred hatte dem

Team im Vorfeld sämtliche Kamerapositionen durchgegeben. Grimmige Genugtuung erfüllte ihn, als er keine einzige unerwähnte Kamera entdecken konnte. Wieder ein Beweis dafür, dass Fred nicht in diese Angelegenheit verwickelt ist, dachte er trotzig, während er hinter dem Butler stehen blieb, der an der letzten Tür auf der linken Seite anklopfte.

„Ja, bitte!" Die Stimme klang leicht genervt. Sie traten ein und als Phil den ersten Blick auf Lord Carley warf, bestätigte sich dieser Eindruck. Der Lord war ein gut aussehender Mann, doch die Fotos, die Phil sich vorab angesehen hatte, spiegelten nicht die Arroganz wider, mit der Lord Carley ihn jetzt von oben bis unten musterte. „Mr Andrews, herzlich willkommen auf Schloss Carley. Es ist nicht meine Art, mich mit neuen Angestellten zu befassen, dafür habe ich Mr Porter. Dennoch habe ich Fragen an Sie. Wie ich in Ihrer Vita gelesen habe, wurden Sie unehrenhaft aus der British Army entlassen?"

Wie es seiner Rolle entsprach, hielt Phil den Blick für einen Moment und senkte dann die Augen. „Ja, Euer Lordschaft." Aus dem Augenwinkel sah er ein joviales Lächeln auf dem Gesicht des Lords.

„Keine Sorge, ich verurteile Menschen nicht pauschal, denn, wie ich gehört habe, hält Mr Porter eine Menge von Ihnen."

„Das freut mich zu hören, Euer Lordschaft."

Carleys Gesichtsausdruck wurde hart. „Führen Sie aus, was Porter Ihnen aufträgt, und wir werden keine

Probleme haben. Ich erwarte Zuverlässigkeit und Diskretion, haben wir uns verstanden?“

Phil verdrehte innerlich die Augen, nickte aber seiner Rolle entsprechend unterwürfig. „Selbstverständlich, Sir. Ich werde Ihnen keinen Anlass für Beschwerden geben.“

Das herablassende Lächeln kehrte auf das Gesicht des Lords zurück. „Wie ich gehört habe, benötigen Sie dringend Geld.“

Phil warf ihm einen erstaunten Blick zu. Um an diese Information zu gelangen, musste Carley verdammt tief gegraben haben. Die Schulden, die er für seinen angeblichen Bruder und dessen Familie übernommen hatte, waren nur in einem einzigen Dokument aufgeführt. Phil senkte seiner Vita entsprechend peinlich berührt den Blick. „Dann wissen Sie ja, weshalb ich mir keine Verfehlung zuschulden kommen lassen werde, Sir!“

Auch wenn es riskant war, hatte er damit offenbar genau den richtigen Ton getroffen. Statt Phils Satz als frech zu interpretieren, schien Carley beruhigt über diese Aussage zu sein. Er stand auf. „Dann behalten Sie im Hinterkopf, wer Sie bezahlt. Gehen Sie an die Arbeit, Andrews.“ Ohne Phil eines weiteren Blickes zu würdigen, wandte sich der Lord, nach Unterlagen greifend, ab.

Erneut ballten sich dunkle Wolken zusammen und kalter Wind pfiff durch den Garten des Schlosses. Phil war vom Gärtner instruiert worden, die Außenanlage auf den Winter vorzubereiten. Nachdem er stundenlang

Hecken geschnitten hatte, war er nun im hinteren Teil der Gartenanlage unterwegs. Phil harkte durch die Beete, zupfte Unkraut und schnitt verblühte Stauden zurück. Seine linke Schulter war verkrampft und begann zu schmerzen.

„Aber keine Ausrüstung schleppen dürfen, ist klar ...", grummelte Phil vor sich hin und kippte den nächsten Eimer voller Unkraut in die Schubkarre. Missmutig richtete er sich auf und streckte sich. Seine Kenntnis über Pflanzen und Sträucher war ziemlich beschränkt, allerdings konnte er hier nicht allzu viel falsch machen. Die Büsche und Sträucher waren verblüht und die hohen Gräser, die sich im Sommer sicherlich anmutig im Wind wiegten, sanken im Nieselregen, der schon vor einigen Stunden eingesetzt hatte, matt in Richtung Erdboden. Phil zog seine Jacke enger um den Körper und die Mütze tiefer ins Gesicht. Seine Hände waren klamm und der Nieselregen suchte sich langsam aber sicher seinen Weg durch die Jacke.

„Es geht doch nichts über einen gemütlichen Herbstnachmittag in den schottischen Highlands", murmelte er leise vor sich hin. Er griff nach einer vertrockneten Staude und schnitt diese zurück. Seine Gedanken schweiften ab und er dachte an die Jungs seines Teams, die sich auf ihren Einsatz im Iran vorbereiteten, wo es um diese Jahreszeit noch locker zweistellige Temperaturen hatte. Statt sie auf ihrer Mission zu unterstützen, stand er in den Highlands im Nieselregen und gärtnerte.

Phil rief sich zur Ordnung. Auch wenn er sich schon jetzt sicher war, dass Fred nicht in den Waffenhandel verstrickt sein konnte, so war es seine Aufgabe, dies auch zu beweisen. Die Informationen, die Amir ihnen über Lord Carley zur Verfügung gestellt hatte, ließen den Schluss zu, dass Carley in der Tat in dubiose Waffengeschäfte verwickelt sein könnte. Phil seufzte. Die Betonung lag auf sein könnte. Es waren hervorragende Hinweise, Indizien, die einen schweren Verdacht auf den Lord warfen. Es gab Notizen zu Anweisungen von ihm, Aufträge und Empfangsbestätigungen. Doch kein einziges Dokument war von Lord Carley persönlich unterzeichnet. Es war an ihm, Beweise dafür zu sammeln, dass Lord Carley der gesuchte Waffenhändler war. Oder dafür, dass er es nicht war. Wenn der Weg dahin über die Gartenarbeit führte, dann war es so. Auch wenn er noch so gerne mit dem Team in den Einsatz gegangen wäre – er hatte hier einen ebenso wichtigen Auftrag zu erledigen. Während er weiterarbeitete, schweiften seine Gedanken zu Lord Carley ab. Dieser entsprach jedem Klischee: jovialer Adeliger, der in sozialen Schichten dachte, in einem Schloss wohnte und es offensichtlich genossen hatte, seinen neuesten Bediensteten auf seine Position zu verweisen. Fehlte noch, dass er Phil gebeten hätte, zukünftig den Dienstboteneingang zu benutzen. Na ja, wieder eine Bestätigung, dass die Zugehörigkeit zur Upperclass eben kein Verdienst war, sondern schlicht ein Erbe. So unsympathisch der Lord war, es galt dennoch, objektive Beweise zu sammeln.

Heute Nacht würde er sich das Schloss ansehen und morgen dann hoffentlich in der Besprechung mit Fred und dem zusätzlich engagierten Sicherheitspersonal erfahren, was für die Gäste geplant war und wie die kommenden Tage ablaufen sollten. Offiziell hieß es, dass Lord Carley verschiedene hochrangige Mitarbeiter und Hotelmanager aus dem Nahen und Mittleren Osten zu einer Konferenz eingeladen hatte. Es ginge um Qualitätsmanagement, Expansion sowie die Neuorientierung und Neustrukturierung der Hotels in einigen Regionen. Doch dank Davids und Eds Recherchen wussten sie, dass den Familienclans nachgesagt wurde, dass sie beschaffen konnten, was auf dem internationalen Waffenmarkt gefragt war. Nur bewiesen wurde dies alles bisher nicht.

Eine kalte Böe riss Phil aus seinen Gedanken. Vor all diesen Punkten stand zunächst etwas ganz anderes: Er musste sich die weitläufige Umgebung, den Garten und sämtliche Wege, die weit verzweigt um das Anwesen verliefen, einprägen, um sich in der Nacht unauffällig bewegen zu können. Das Schloss war von Rasenflächen umgeben. Der Garten, der sich im hinteren Bereich anschloss, war in verschiedene Teile untergliedert, die der Heidelandschaft mühsam abgetrotzt worden waren. Einen gradlinig strukturierten Garten suchte man vergeblich, stattdessen gab es an der vom Wind abgewandten Seite diverse Gartenbereiche, die in beschauliche Abteilungen unterteilt waren. Der Staudengarten, in dem Phil sich gerade befand, lag am Rande des Grundstücks.

Die halbhohen Mauern, die ihn umgaben, wirkten verwittert und gaben dem Ganzen einen romantischen Touch. Phil wunderte sich über sich selbst. Seit wann empfand er Gärten als romantisch? Fehlte nur noch, dass er die große Kiefer, die am Rande des Waldes an die Mauer grenzte, als malerisch bezeichnete.

Während er den Kies auf den Wegen harkte, warf er einen Blick auf den Nebentrakt des Schlosses. Von hier aus würde er am leichtesten und sogar ohne viel Anstrengung in den Garten kommen, da sein Zimmer direkt neben der Tür lag. Das Problem war nur, dass er eine verdammt große Rasenfläche zu überqueren hatte, wenn er den vorderen Bereich erreichen wollte. Er drehte sich und ging auf die andere Seite des Beetes. Dort begrenzte eine mannshohe Mauer, die mit Efeu überwuchert war, den Gartenbereich. Phil quetschte sich in den Efeu, die kalte, alte Mauer im Rücken. Die Position war weder komfortabel, geschweige denn zum Arbeiten geeignet, aber da er das Glück hatte, dass er allein arbeitete, musste er sein Verhalten vor niemandem rechtfertigen. Denn aus dieser Position konnte er unauffällig die ganze Rasenfläche überblicken.

„Wenn ich im toten Winkel des Seitentrakts bleibe und dann in den Schatten des Stalls sprinte, komme ich von hinten auf den schmalen Weg, der fast um das gesamte Anwesen herumführt", sprach Phil leise vor sich hin. Er hatte sich die Gegebenheiten eingeprägt und würde definitiv unentdeckt bleiben.

9

Zur selben Zeit saß Alec mit dem restlichen Teil des Teams auf dem Stützpunkt. Die Sachen für ihren Einsatz waren gepackt und sie überbrückten die Wartezeit bis zum Abflug damit, die Unterlagen, die Amir ihnen zur Verfügung gestellt hatte, ausführlicher zu prüfen. Inzwischen hatten sie erfahren, dass die Waffenlieferung mutmaßlich aus Drohnen bestand und am frühen Samstagmorgen verschifft werden sollte. Das war nicht viel Zeit, um den Einsatz vorzubereiten, aber machbar. Ed lehnte sich stöhnend zurück und streckte sich. „Das werden wir vor der Lieferung nicht mehr alles analysieren können. Aber ich tue, was ich kann, während ihr unterwegs seid."

Alec verzog zustimmend den Mund. Er warf einen Blick auf die Uhr. Es war bereits kurz vor elf. Die Zeit lief ihnen davon. Da Phil in Schottland war und ihr Abflug um dreizehn Uhr starten würde, hätte er Verstärkung für die Auswertung anfordern oder den MI5 um Hilfe bitten müssen. Das wollte er nicht, denn wie der letzte Fall ihn gelehrt hatte, konnte er niemandem außerhalb seines Teams vertrauen.

„Sieh zu, wie weit du kommst. Da wir gerade drei Dinge parallel erledigen, müssen wir Prioritäten setzen. Die Auswertung muss warten, Phil und unser Einsatz gehen vor."

Alec machte eine unbestimmte Handbewegung in Richtung seines Laptops. „Weiterhin haben wir hier reine Indizien. Es gibt keine eindeutigen Beweise, keine Unterlagen, die Waffenlieferungen an Lord Carley belegen. Ja, die E-Mails sind zweifelsfrei dem Account und der IP-Adresse von Lord Carley zuzuordnen. Aber man könnte genauso gut behaupten, es habe sich jemand in seinen Rechner gehackt und seinen Namen für diese Dinge genutzt."

„Das ist exakt das Problem. Ähnlich sieht es bei den Lieferungen aus. Es gibt keine Unterschrift, es läuft alles elektronisch ab. Eine einzige Aussage von Carley, ein einziger direkt ihm zuzuordnender Beweis und wir haben ihn ein für alle Mal aus dem Verkehr gezogen. Aber genau das fehlt. Ein letzter, eindeutiger Beleg." Ed sah ihn resigniert an.

Angespannt stand Alec auf. „Hoffen wir, dass Phil die Möglichkeit hat, Gespräche aufzuzeichnen, die uns eindeutige Beweise liefern. Sollte das nicht möglich sein, wird er eine Situation provozieren müssen, um an den entscheidenden Beweis zu kommen. Verdammt, das gefällt mir überhaupt nicht. Ohne Rückendeckung muss er damit warten, bis wir wieder aus dem Einsatz zurück sind und ihn in Schottland unterstützen können."

Er setzte sich wieder und griff nach seinem Laptop. „Hoffen wir, dass er Erfolg hat."

Seine verdreckten Schuhe in der einen und einen Becher heißen Tee in der anderen Hand, öffnete Phil mit dem Ellbogen die Tür zu seinem Zimmer. Gähnend stellte er seine Schuhe neben das Bett. Nach einem langen ersten Arbeitstag hatte er gemeinsam mit den meisten Angestellten in der Küche sein Abendessen eingenommen. Dank seiner lockeren Art kam er mit jedem ins Gespräch. Außer Fred und dem Hausmeister gab es nur fünf weitere Angestellte, die im Haus lebten: den Butler, zwei Zimmermädchen sowie die Köchin und eine Küchenhilfe. Gärtner und Stallmeister wohnten jeweils in einem Cottage auf dem Anwesen. Zusätzliches Sicherheitspersonal wurde stets über die gleiche Sicherheitsfirma angefordert, mit der Lord Carley schon seit Jahren zusammenarbeitete. Auch Wachhunde gab es zu seiner Überraschung keine, lediglich ein sehr betagter English Foxhound durfte seine Rente im Schloss genießen, war aber überwiegend in der Obhut des Gärtners.

Phil hatte sich Zeit gelassen mit dem Essen, um mitzubekommen, wohin sich die Angestellten danach begaben. Bis auf den Butler, der ohnehin nur eine kurze Pause eingelegt hatte, zogen sich alle auf ihre Zimmer zurück, die in einem anderen Teil des Hauses lagen. Fred, der noch zu einer Unterredung mit Lord Carley musste, begleitete Phil aus der Küche hinaus.

„Wie war dein erster Tag?"

„Alles okay so weit."

„Mein Gespräch sollte nicht lange dauern, also falls noch was ist, sag Bescheid."

Phil war versucht, das Angebot anzunehmen, als ihm Cals mahnende Worte durch den Kopf schossen. „Ich bin ziemlich erledigt und leg mich direkt hin."

Als Fred amüsiert das Gesicht verzog, schob Phil eilig hinterher: „Hey! Ich bin seit gut vierzig Stunden auf den Beinen. Die gefühlt zehn Meilen Hecken, die ich im Garten geschnitten habe, kommen noch drauf."

Mit einem bissig–humorvollen Kommentar zu Phils mangelndem Durchhaltevermögen verzog sich Fred.

Endlich auf seinem Zimmer angekommen, war der Vorwand, dass er nach den langen wachen Stunden müde war, plötzlich keine Ausrede mehr. Gähnend ließ sich Phil aufs Bett fallen. Seine Schulter schmerzte durch die heutige Belastung stärker, als er erwartet hatte. Gut, auf Heckenschneiden war er nicht vorbereitet gewesen, aber dennoch hatte er gehofft, es besser wegzustecken. Er streckte sich aus und schloss erschöpft die Augen. Das Bett knarzte und ächzte unter seinem Gewicht. Der Bettbezug kratzte und erinnerte ihn an die Leinenbettwäsche seiner Tante. Wie gerne würde er genau jetzt tief und fest schlafen. Die dringend benötigte Ruhe aber musste warten. Zunächst wollte er sich mit den Räumlichkeiten im Schloss vertraut machen. Fred hatte ihm den Grundriss des Anwesens heute Morgen ins Auto gelegt, doch Phil hatte im Laufe des Tages festgestellt, dass einige Angaben veraltet sein mussten.

Auch wollte er noch einmal selbst überprüfen, wie viel Bewegungsfreiheit ihm die zahlreichen Überwachungskameras und Bewegungsmelder wirklich ließen. Allein deren Anzahl würde es ihm extrem schwer machen, sich unauffällig im Haus zu bewegen. Wenn er sich zukünftig unerkannt in Bereichen aufhalten wollte, zu denen er offiziell keinen Zutritt hatte, musste er sich aufraffen. Von Fred hatte er bei ihrem geheimen Treffen umfangreiche Informationen zu den Gewohnheiten der Bewohner erhalten, sodass er einschätzen konnte, ab wann er sich ungesehen im Haus bewegen konnte. Es widerstrebte ihm, diesen Informationen nicht direkt zu vertrauen. Doch wenn er Freds Unschuld eindeutig beweisen wollte, musste er die erhaltenen Auskünfte mit eigener Aufklärung untermauern. Phil warf einen Blick auf seine Uhr und beschloss, wenigstens zwanzig Minuten zu schlafen. Nachdem er den Alarm auf seinem Handy gestellt hatte, schob er sich das Kopfkissen zurecht und schlief kurz darauf ein.

Eine Stunde später schlich Phil den Korridor im Erdgeschoss entlang. Im Schneckentempo näherte er sich der
Eingangstüre. Dank ihrer IT-Nerds im Team besaß er
eine lustige Spielerei, deren Namen er sich schlicht nicht
gemerkt hatte. Was er aber wusste, war, dass er damit
die Frequenz der Bewegungsmelder abgreifen und stö-
ren konnte. Unglücklicherweise musste er dafür verdammt nah ran.

Nach einiger Zeit hatte Phil sich einen umfassenden
Überblick über den Landsitz verschafft. Gezielt hatte er
Abhörgeräte in den Räumen platziert, bei denen er
davon ausging, dass dort Gespräche zwischen Lord
Carley und seinen Gästen stattfinden würden. Die winzigen Wanzen waren so konzipiert, dass sie auf das lei-
seste Geräusch reagierten und erst dann anfingen, zu
senden. Das machte sie mit herkömmlichen Methoden
extrem schwer zu orten. Das Grundstück hatte er größ-
tenteils während seiner Arbeit erkunden können, den
Rest würde er morgen erledigen. Gerade als er sich auf
den Weg in sein Zimmer machen wollte, hörte er, wie
sich eine Tür im Flur hinter ihm öffnete. Hier, im zwei-

ten Stock, lagen die Privaträume Lord Carleys. Phil blickte sich rasch um. Er hatte keine Möglichkeit, zu verschwinden. Seine einzige Chance war, im Schatten der schweren Vorhänge zu bleiben und zu hoffen, dass niemand das Licht einschaltete. Phil schob sich vorsichtig hinter den Stoff und hielt den Atem an, als ein Schatten an ihm vorbeihuschte. Staub kitzelte in seiner Nase und er musste mit aller Macht ein Niesen unterdrücken. Die unbekannte Person ging an ihm vorbei und lief den Gang hinunter. Als diese eines der hohen Flurfenster erreichte, fiel genug Mondlicht hinein, sodass Phil Freds Gestalt erkannte. Vergessen war der Staub, der ihm in der Nase kitzelte. Was um alles in der Welt tat sein Freund hier mitten in der Nacht?

Fred ging zielstrebig auf das Arbeitszimmer des Lords zu. Vor der Tür blieb er kurz stehen und blickte zurück. Phil schloss die Augen und wagte nicht, zu atmen. Fred hatte einen siebten Sinn für Situationen wie diese und hatte sie während ihrer Ausbildung und der danach folgenden Trainings immer und immer wieder aufgespürt. Wenn er unentdeckt blieb, hatte er verdammten Dusel.

Als Fred nach einigen Sekunden das Arbeitszimmer betrat, konnte Phil sein Glück kaum fassen. Vorsichtig, um nicht doch noch zu niesen, atmete er gepresst aus. Was machte Fred um diese Zeit hier? Und so, wie er im Dunkeln den Gang entlang gehuscht war, war eindeutig, dass Fred sich heimlich in das Arbeitszimmer geschlichen hatte. Verdammt. Phil schloss frustriert die

Augen. Konnte es sein, dass Fred in den Waffenhandel involviert war? Nein, niemals! Es musste einen vernünftigen Grund geben. Für einen Moment war er kurz davor, Fred in das Arbeitszimmer zu folgen und ihn darauf anzusprechen. Dann aber setzte sich der Verstand durch. Eine Aussage von Fred half nicht, er musste objektiv dessen Unschuld beweisen, nur darauf kam es an. Also blieb Phil, wo er war.

Da alles um ihn herum still und dunkel geblieben war, beschloss er, sich aus seiner prekären Lage zu befreien. Als er hinter dem Vorhang hervortrat, näherten sich Schritte der Tür. Ihm blieb keine Wahl. Wenn er sich jetzt erneut hinter dem schweren Samtvorhang versteckte, würde sich dieser noch bewegen, wenn Fred den Flur betrat. Mit einem lautlosen Fluch auf den Lippen öffnete er das bodentiefe Fenster, das auf einen kleinen Balkon führte, und huschte hinaus. Kalter Wind empfing ihn und Augenblicke, bevor sich die Tür des Arbeitszimmers öffnete, lehnte Phil das Fenster hinter sich an. Offensichtlich war er nicht schnell genug gewesen, denn das Licht im Flur flammte auf. Ihm blieb keine Wahl. Mit einem Satz sprang er über die Brüstung in die Dunkelheit.

Im Rankgitter des Weinlaubs klammerte Phil sich mit beiden Händen fest. Er hörte, wie jemand über ihm auf den Balkon trat. Der Kegel einer Taschenlampe wanderte über das Geländer und verpasste ihn nur knapp. Sekunden später hörte Phil, wie die Balkontür verschlossen wurde. Erleichterung durchflutete ihn, obwohl er nun zusehen musste, wie er, ohne aus dem uralten Rankgitter zu krachen, festen Boden erreichte. Vorsichtig tastete er sich durch den Efeu, bis er die nächste stabile Strebe fand. Mühsam hangelte er sich ein Stück nach unten. Er kletterte einige Meter nach rechts, bis er die Regenrinne erreichte. Phil atmete durch. Diese war fest verankert, sodass er an ihr sicher hinabklettern konnte. Unten angekommen schüttelte Phil mit zusammengebissenen Zähnen seine Arme aus. Der Sprung ins Weinlaub und die anschließende Kletterei waren eine Quälerei für seine Schulter gewesen.

Mit einem letzten Blick auf den dunklen Balkon rannte Phil an der Hauswand entlang. Lange verharrte er an die nassen Steine gedrückt und lauschte in die Dunkelheit. Als auch nach fünf Minuten nichts zu hören war, sprintete er über den Rasen und sprang über einen Zaun. Dank des einsetzenden Regens und der tiefen Dunkelheit musste er nicht befürchten, entdeckt zu werden, trotzdem bewegte er sich vorsichtig und nutzte jede Deckung aus. Hier am Rande des Grundstücks quatschte der Boden vor Nässe und er versank bis zu den Knöcheln im Matsch. Hinter einer massiven Eiche bezog er Position und holte ein Fernglas aus der Beintasche seiner Hose. Das Infrarotnachtsichtgerät ließ die Umgebung zum Leben erwachen.

Phil konnte einen Fuchs erkennen, der nur wenige Meter von ihm entfernt über das Gras rannte. Das Tier schien ihn nicht zu wittern. Ein Schwenk auf das Schloss zeigte ihm keinerlei Signaturen. Geduldig harrte er aus und ließ das Gerät immer wieder über die Fenster der Stockwerke gleiten. Sein Gefühl sagte ihm, dass jemand dort genauso geduldig wartete wie er hier hinter dem Baum. Phil spürte die Feuchtigkeit der Baumrinde. Der Geruch der leicht modrig riechenden Rinde stieg ihm in die Nase, während er sich aus einem Impuls heraus ein Stück weiter hinter den Stamm schob. Sein Instinkt ließ ihn nicht im Stich. Sekunden später blitzte eine Silhouette in einem der oberen Zimmer auf. Freds Zimmer, wie Phil nach einem vorsichtigen Blick durchs Fernglas registrierte. Zumindest hatte der Butler ihm erzählt, dass Fred dort, in der Nähe von Lord Carley, untergebracht war.

Phil drückte sich an den Baum und sah auf seine Uhr. Mittlerweile war es weit nach Mitternacht. Was zur Hölle brachte Fred dazu, noch immer im Haus unterwegs zu sein und nun den Garten zu sichten?

Phil schloss die Augen. Deutete das doch darauf hin, dass Fred ihm etwas verheimlichte? Musste er wirklich davon ausgehen, dass Fred und er nicht auf derselben Seite standen?

Noch bevor Phil den Gedanken zu Ende denken konnte, hörte er ein leises Geräusch. Vorsichtig schob er eine Schulter nach vorn und setzte das Fernglas an die Augen. Sekundenbruchteile später schlug wenige Millimeter neben ihm ein Projektil in den Stamm der Eiche ein. Mit einem Satz brachte sich Phil aus der Schusslinie. Hinter einem dickeren Stamm suchte er Schutz. Verdammt, er hatte nichts gehört, was dafür sprach, dass ein Schalldämpfer benutzt wurde. Eng an den Baum gedrückt, verharrte Phil. Wenn er sich nicht täuschte, befand sich der Schütze schräg oberhalb von ihm im Haus. Weshalb der ihn aus dieser Position hatte verfehlen können, wusste er nicht, doch er würde sich nicht beschweren. Er drehte sich leicht zur Seite und drei weitere Schüsse schlugen dicht neben ihm in der Rinde ein.

Ein zweiter Schütze befand sich irgendwo hinter ihm im Wald. Phil fluchte lautlos, doch das brachte ihn nicht weiter. Hinter dem Stamm hatte er für den Moment eine gute Deckung. Langsam setzte Phil das Infrarotnachtsichtgerät an die Augen und blickte sich vorsichtig um. Im Wald hinter ihm war nichts auszumachen. Doch Phil hatte Geduld. Es musste jemand in dem weitläufigen Wald verborgen sein. Kurz hatte er die Fenster des Schlosses hinter ihm gecheckt, doch Fred oder eine andere Person war nicht mehr zu erkennen gewesen. Daher konzentrierte sich Phil auf die leichte Anhöhe, die westlich hinter ihm lag.

Minutenlang geschah nichts. Die nächtlichen Geräusche des Waldes setzten wieder ein, der Regen wurde stärker. Doch Phil ließ sich nicht ablenken und sondierte die Gegend. Er spürte, wie der Wind ihm durch die nassen Klamotten pfiff, doch Phil nahm die Kälte kaum wahr. Adrenalin pulsierte durch seine Adern, während er abwartete. Seine Geduld zahlte sich aus. Plötzlich tauchte eine Gestalt auf, die in Richtung der Straße davonlief. Phil jagte dem Unbekannten hinterher.

Seine Schritte waren trotz des hohen Tempos kaum zu hören. Sein Atem blieb ruhig. Als er die Stelle erreichte, wo er den Flüchtenden gesehen hatte, zersplitterte urplötzlich die Rinde eines Baumstamms neben ihm. Dann folgte ein zweiter und ein dritter Schuss. Phil warf sich zu Boden. Verdammt, damit hatte er ein echtes Problem. Der Schütze musste sich dem Einschusswinkel entsprechend in Richtung Straße befinden. In deren Nähe war eine Selbstschussanlage montiert, der Phil unmöglich entgehen konnte. Ob sie den Schützen aus dem Wald oder ihn im Visier hatte, war nicht erkennbar. Wo der erste Schütze mittlerweile war, konnte er nicht einmal vermuten. Ob noch im Schloss oder ihm schon auf den Fersen, war eine Frage, die er nicht beantworten konnte. Wenn er in dieser Lage verweilte, konnte er sich auch gleich selbst eine Kugel verpassen.

Alec lehnte sich in seinem Sitz zurück und versuchte, eine bequeme Position zu finden. Sie befanden sich an Bord einer A400M, irgendwo über dem Mittelmeer.

Die letzten Tage waren mit Besprechungen, Einsatzorganisation und Detailplanungen vollgepackt gewesen. Sie hatten nur wenig Zeit gehabt, um sich auszuruhen, daher nutzten er und seine Männer die Flugzeit, um etwas Schlaf nachzuholen. Das monotone Dröhnen der Triebwerke ließ Alec die Erschöpfung durch die vergangenen Tage intensiver spüren. Ihre eigene Aufklärung hatte nach langer Suche noch kurz vor ihrem Abflug neue Indizien gegen Lord Carley zusammengetragen und den Verdacht, dass er hinter der aktuellen Lieferung an Russland steckte, verstärkt.

Alec schloss die Augen, die Hände auf den Oberschenkeln gefaltet. Er konnte sich nicht helfen – seine Gedanken drifteten immer wieder zu Phil.

Seufzend öffnete er die Augen wieder und warf einen Blick auf sein Handy. Er hatte Phil eine E-Mail mit den neuesten Informationen gesendet, da Phil seinen Anruf weggedrückt hatte. Doch bis jetzt hatte dieser noch nicht darauf reagiert. In den letzten Stunden hatte er sich immer wieder gefragt, ob er die richtige Entscheidung getroffen hatte. Phil war schließlich nicht nur sein Stellvertreter, sondern vor allem sein bester Freund, und gerade in dieser Funktion hätte er ihm gerne beigestanden.

Plötzlich wurde das Flugzeug von einem heftigen Stoß durchgerüttelt, als es in ein Luftloch geriet. Alec spürte, wie sein Magen für einen kurzen Moment nach oben schnellte. Sein Herz schlug heftig, als die Maschine sich erst nach einigen weiteren Wacklern stabilisierte.

In den nächsten Stunden wurde der Flug einer der unruhigsten seit Langem und ließ sie kaum zur Ruhe kommen. Alec sah in die angespannten Mienen seiner Männer. Cal warf ihm einen Blick zu und zuckte mit den Schultern. Mit einem Grinsen atmete er durch und versuchte, sich zu entspannen, als das Flugzeug ins nächste Luftloch absackte. Nur dank der Sicherheitsgurte saßen alle noch auf ihren Sitzen. Ihre Ausrüstung hatten sie mit Spanngurten gesichert.

„Ich hatte auf wenigstens ein, zwei Stunden Schlaf gehofft, aber dieser Pilot scheint was dagegen zu haben!" Cal gähnte ausgiebig und lehnte den Kopf zurück.

„Du solltest nach vorne gehen und ihm eine Ausweichroute vorschlagen, schließlich musst du dich um dein Team kümmern!" Luke, der zwei Plätze neben Alec saß, grinste ihn herausfordernd an.

„Bist du jetzt, wo Phil nicht dabei ist, für die dämlichen Sprüche zuständig?" Alec schüttelte belustigt den

Kopf. „Selbst wenn ich den Weg bis dahin sturzfrei überleben sollte, bin ich sicher, der Pilot erschießt mich noch im Cockpit, wenn ich ihm mit so was komme!"

Nach zwei weiteren Stunden erreichten sie den Drop-off Point. Das Wetter war noch immer bescheiden und die stürmischen Böen würden es ihnen nicht leichter machen. Doch da sie extrem gut ausgebildete Freifaller waren und sich auf ihre Fähigkeiten verlassen konnten, war Alec sich sicher, dass sie alle gemeinsam den geplanten Landepunkt erreichen würden. Dennoch war die erste Phase des unbemerkten Einsickerns die kritischste. Es konnten jederzeit unerwartete Zwischenfälle auf sie warten.

Trotz ihrer jahrelangen Erfahrung hatten die Windverhältnisse ihnen alles abverlangt. Wie vereinbart, hatten sie die Schirme so spät wie möglich geöffnet – kein leichtes Unterfangen bei den widrigen Wetterbedingungen. Dass sie alle unverletzt gelandet waren, grenzte an ein Wunder. Doch diese sogenannte HALO-Sprungvariante, hoch oben abzuspringen und den Schirm erst spät und niedrig über dem Boden zu öffnen, ermöglichte ihnen eine kurze Sammelphase nach der Landung und dadurch unmittelbare Gefechtsbereitschaft. Da sie hier definitiv nicht willkommen geheißen wurden, sollte man sie entdecken, taten sie gut daran, sich sofort verteidigen zu können. Besser aber war es, unentdeckt zu bleiben. Sie mussten nicht nur unerkannt bis zu ihrem Zielort gelangen, sondern auch wieder hinaus, um ihren Auftrag erfolgreich durchzuführen.

Nach der Landung orientierten sie sich rasch. Sie waren trotz des Windes wie geplant im Zielgebiet gelandet. In Windeseile ließen sie die Fallschirme verschwinden. Das Gelände war zunächst sehr offen, und sie beeilten sich, um in etwas waldreicheres Gebiet zu kommen. Dank ihrer Vorbereitung und der in einem früheren Einsatz erworbenen Ortskenntnisse, fanden sie schnell den schmalen Weg. Dieser führte sie zu ihrem ersten Zwischenstopp bei Sorkhankol. Dank Latifs Hilfe würde dort in einem Versteck ein Auto für sie bereitstehen, sodass sie direkt weiter nach Bandar Anzali fahren konnten. Dort hatte Latif ihnen einen Unterschlupf organisiert. In der Nähe der Ghazian Bridge lag unweit des Hafengeländes ein Gebäude, in dem sie unauffällig unterkommen konnten.

Sie erreichten das Haus in Bandar Anzali mit Anbruch der Morgendämmerung. Zügig trugen sie ihre Ausrüstung hinein und ließen das Auto in einem Schuppen verschwinden. Als sie die Tür hinter sich schlossen, konnten sie zum ersten Mal seit Stunden durchatmen. Kaum hatte Alec die Ausrüstung abgesetzt, klingelte sein Handy.

Kurz zuvor in Schottland

Phil rannte kreuz und quer, so gut es ging, jede Deckung nutzend, in die entgegengesetzte Richtung. Weg vom Schloss, weg von den beiden Schützen. Nun machte sich bezahlt, dass er sich tagsüber das Gelände so präzise eingeprägt hatte. Er sprintete los, den Hang hinauf. Plötzlich spürte er einen stechenden Schmerz an der Seite. Mit einem Hechtsprung suchte er hinter einem alten Baum Deckung. Der harte Boden federte seinen Sprung kaum ab. Schmerz jagte ihm durch den Oberkörper. Er tastete nach der Stelle, konnte aber nichts ausmachen. Für längere Überlegungen blieb keine Zeit. Er war gut hundert Meter vom Schloss entfernt. Ein Gebet ausstoßend, verließ er seine Deckung. Auf diese Entfernung und im Schutz der Bäume wäre jede weitere Kugel, die ihn erwischte, ein Glückstreffer. In einem weiten Bogen rannte er zum Schloss zurück und näherte sich seitlich der mit Efeu bewachsenen Mauer, an der er heute Nachmittag Unkraut gejätet hatte. Gebückt lief er die Mauer entlang, bis er auf den Pfad unterhalb des Anwesens stieß. In vollem Tempo jagte er über den Weg, bis er den Pferdestall erreichte, dann weiter im Schatten der Stallungen bis zum Nebengebäude, wo er keuchend stehen blieb. Dank des Regens musste er nicht befürchten, Spuren zu hinterlassen. In aller Eile lief er zum Dienstboteneingang, in dessen Nähe sein Zimmer lag. Im Türrahmen blieb er stehen und zog seine schlammverkrusteten Schuhe aus. Niemand war zu sehen, dennoch meinte er, im Bereich des Haupteingangs Stimmen zu hören. Auf Socken huschte er ins Haus und direkt in sein Zimmer. Als er die Tür hinter sich schloss, spürte er den Schmerz unterhalb des Rippenbogens. Doch bevor er sich darum kümmern konnte, musste er die Spuren verwischen. Vorsichtig öffnete er seine Zimmertür erneut und warf einen Blick zurück in den Gang. Er hatte einige nasse Abdrücke hinterlassen, die er dringend entfernen musste. Rasch schloss er die Tür wieder, zog hastig die durchnässten, verdreckten Sachen aus und schmiss sie in den Schrank. Er fuhr sich mit einem Handtuch durch die nassen Haare und streifte Boxershorts und ein trockenes T-Shirt über. Dann öffnete er erneut die Tür zum Flur. Es war niemand zu sehen. Schnell wischte er die Spuren, die seine nassen Socken verursacht hatten, weg. Zurück in seinem Zimmer hängte er das Handtuch auf und legte sich unverzüglich ins Bett; die Decke halb über den Kopf gezogen. Es war ein Gefühl, das ihn dazu trieb, er hätte es nicht begründen können. Kaum hatte sich sein Atem beruhigt, hörte er leise Schritte im Gang, die sich näherten. Fast geräuschlos wurde die Tür zu seinem Zimmer aufgedrückt. Durch die halb geöffneten Lider sah er Fred. Dieser warf einen kurzen Blick in den Raum und schloss dann lautlos die Tür. Mit einem Satz sprang Phil aus dem Bett und presste ein Ohr an die hölzerne Tür. Gerade noch rechtzeitig hörte er Freds Stimme.

„... sich keine Sorgen, Mylord, er kann es nicht gewesen sein, er schläft tief und fest. Wir werden uns morgen nach Spuren umsehen ..."

Bewegungslos stand Phil hinter der Tür. Die Erkenntnis tat mehr weh als der Streifschuss, um den er sich dringend kümmern musste. Aber so wie es aussah, steckte Fred wahrhaftig mit drin.

Mit schweren Schritten ging er zurück zum Bett. Einhändig zog er das T-Shirt hoch, mit der anderen griff er nach seinem Handy. Mit der Taschenlampe leuchtete er seinen Körper ab und entdeckte rechts einen tiefen Kratzer am Rippenbogen. Glücklicherweise hatte es nur in das T-Shirt, nicht aber bis auf die Bettwäsche geblutet. Phil stand auf und holte ein Erste-Hilfe-Set aus seiner Reisetasche. Sorgfältig reinigte er die Wunde, die weniger tief war, als er befürchtet hatte. Eine selbstklebende Wundauflage reichte aus, um den Streifschuss zu verbinden. Akribisch beseitigte er im Zimmer alle Spuren, die auf seine Verletzung oder seinen nächtlichen Ausflug hinwiesen. Dann legte er sich seufzend aufs Bett. Er griff nach seinem Handy und drückte die Kurzwahltaste.

Beinahe sofort nahm Alec den Anruf entgegen. Da im Iran bereits früher Morgen sein musste, verzichtete Phil darauf, sich für die Störung zu entschuldigen. Leise fasste er die Ereignisse der letzten Stunden zusammen. Am Ende seines Berichts angekommen, fluchte Alec langanhaltend. Das anschließende Schweigen entsprach exakt Phils Gefühlschaos. Nach einiger Zeit sprach Alec weiter.

„Verdammt, Phil, es tut mir leid. Wir müssen davon ausgehen, dass er mit drinsteckt, bis das Gegenteil bewiesen ist. Sein Verhalten ist absolut verdächtig und im

Moment nicht zu erklären. Ein offizielles Verhör scheidet aus, der Lord wäre sofort gewarnt und würde sämtliche Spuren verwischen."

Alec klang angespannt. „Du musst extrem vorsichtig sein. Ich wünschte, wir könnten vor Ort sein, um dir zu helfen ..." Alec brach ab. Phil hörte leises Gemurmel im Hintergrund. Dann meldete sich Alec wieder.

„Hör zu, ich schick dir Ed. Er quartiert sich irgendwo in der Nähe ein und kann dich direkt unterstützen. Wir sind gerade in Bandar Anzali angekommen, der Einsatz sollte nicht lange dauern. Wir kommen danach sofort nach Schottland hoch. Unternimm nichts, bis wir da sind. Die Ankunft der Gäste ist immer noch für Samstag geplant?"

„Ja, im Laufe des Nachmittags sollten alle eintrudeln. Vor Samstagabend passiert daher sicherlich nichts Dramatisches, entspannt euch und konzentriert euch auf die Mission, ich komme hier absolut klar. Wobei ich ehrlich gesagt froh bin, wenn Ed nicht allzu weit entfernt ist. Ich bin auf dem Weg hierher an einem Pub vorbeigefahren, der direkt unterhalb des Anwesens liegt."

Sie sprachen noch ein paar Minuten, dann verabschiedete sich Phil. Eigentlich hatte er jede Menge, worüber er dringend nachdenken musste, aber die letzten Tage waren lang gewesen und in viel zu kurzer Zeit würde schon wieder der Wecker klingeln. Da er mehr oder weniger allein agierte, brauchte er seine volle Konzentration, und die bekam er nur, wenn er endlich ein paar Stunden schlafen würde. Daher schloss Phil die Augen und drehte sich vorsichtig auf die unverletzte Seite. Dank des jahrelangen Trainings schob er alle Gedanken beiseite und schlief zügig ein.

Der Wind pfiff um die Mauern des Schlosses, als Phil eine Holzleiter an der Hauswand aufstellte. Es war eine wackelige Angelegenheit, sie so am Seiteneingang zu platzieren, dass der dicht gewachsene Efeu, der seit mindestens fünfzig Jahren die Mauern hochrankte, sie nicht direkt umwarf. Der Boden war vom nächtlichen Regen aufgeweicht, und obwohl Phil ein Holzbrett unter die Füße der Leiter gelegt hatte, war sie noch immer etwas instabil. Die Holzsprossen gaben bei jedem seiner Schritte laut knarzende Töne von sich. Die Leiter schien älter zu sein als gedacht.

Oben angekommen, drehte er eine Glühbirne aus der Lampenfassung über dem Eingang, als ein Wagen viel zu schnell die Auffahrt hochfuhr. Der Kies spritzte, als das Fahrzeug hielt. Interessiert lauschte Phil, wie Fred den Besucher in Empfang nahm.

„Lady Carley, was machen Sie denn hier? Ich habe nicht mit Ihrer Anwesenheit gerechnet."

Die Autotür wurde energisch zugeschlagen. Amüsiert schüttelte Phil den Kopf. Lady Carley war offenbar ein Heißsporn.

„Es ist mir vollkommen egal, ob Sie mit meiner Anwesenheit rechnen oder nicht, Fred, ich wohne hier!"

Phil fuhr herum. Die Leiter schwankte bedrohlich und er hatte Mühe, das Gleichgewicht zu halten. Diese Stimme! An jedem Ort dieser Welt würde er sie wiedererkennen. Was um Himmels willen machte Eve hier?

Phil stieg wie benommen von der Leiter. Er hatte Eve seit gut zehn Jahren nicht gesehen, ihre Stimme aber sofort wiedererkannt. Mit einem Mal sah er sie vor Augen, damals, mit sechzehn Jahren in Brighton. Wie sie gemeinsam segeln gegangen waren, am Strand gelegen und Eis gegessen hatten. Es war unschuldig und gleichzeitig seine erste große Liebe gewesen. Wenn er ehrlich war, sogar die einzige große Liebe. Doch dann hatte Eve ihn fallen lassen, als er sie am meisten gebraucht hätte. Mit ihr war nicht nur die Fröhlichkeit dieses Sommers aus seinem Leben verschwunden, sondern auch der Glaube an die Liebe. Genau wie glückliche Sommertage war die Liebe etwas, das schnell vorbeiging. Phil straffte die Schultern. Dieser Sommer war für ihn erledigt, die Gefühle erkaltet. Bis heute hatte er keine Ahnung, was damals passiert war, und es gab keinen schlechteren Zeitpunkt als jetzt, um all das wieder aufzuwärmen.

David und Luke kümmerten sich um ihre IT-Ausrüstung, während sich Alec und Tom, die beide fließend Farsi sprachen und sich problemlos unter die Leute mischen konnten, ein Bild von der Umgebung machen wollten. Die einheimische Kleidung hatte ihnen Latif zukommen lassen. Es war noch früher Vormittag, doch die Straßen waren bereits so belebt, dass sie unter all den Leuten kaum auffielen. Jo sorgte für das Essen, während Cal ihren Vorgesetzten über ihre Ankunft am Zielort informierte. Als Alec und Tom zurückkamen, hatte David Neuigkeiten für sie.

„Phil hat Ed gerade auf den neuesten Stand gebracht und wir haben ein Problem." David berichtete von dem unerwarteten Auftauchen von Eve.

Alec fluchte lautstark, als David geendet hatte. Auch wenn auf Phil hundertprozentig Verlass war – das verkomplizierte die Dinge wesentlich. Dass Phil nun nicht nur die Situation um Fred zu klären hatte, sondern sich auch noch mit seiner ersten großen Liebe auseinandersetzen musste, war beschissen und in der Lage, in der er sich gerade befand, besonders. Eve konnte seine Tarnung jederzeit auffliegen lassen! Phil hatte ihm nie viel von ihr erzählt, aber der Eindruck, den sie bei ihm hinterlassen hatte, war groß gewesen. Seit dieser sich in der vergangenen Nacht gemeldet hatte, wünschte sich Alec, Phil direkt vor Ort unterstützen zu können. Er konnte noch immer in Schwierigkeiten geraten, obwohl sich bisher niemand an ihn gewandt hatte. Alec beschlich ein ungutes Gefühl, ihn allein in Schottland zu wissen. Es hatte Phil merklich zugesetzt, dass Fred plötzlich doch in Verdacht geraten war. Aber sein Auftritt gestern Nacht, als er Phils Zimmer überprüft hatte, ließ zumindest vorerst keinen anderen Rückschluss zu.

Alec schälte sich aus seiner Kurta, die Tom und er getragen hatten. Das knielange Hemd hatten sie über ihre eigenen Hosen gezogen. Diese Kombi aus Cargohose und traditionellem Baumwollhemd war hier nichts Ungewöhnliches. Nach dem Umziehen ließ sich Alec auf einen der Teppiche sinken, die auf dem Boden im Wohnzimmer lagen. Die einzig erhöhte Fläche, ein abgenutztes Sofa, war von ihren Laptops und weiterem Equipment belegt. Tom warf Alec eine Flasche Wasser zu. Nachdem er durstig getrunken hatte, fasste er ihren frühmorgendlichen Rundgang zusammen.

„Als wir aufgebrochen sind, war noch wenig los und wir konnten uns den Liegeplatz des Bootes genauer ansehen. Wird schwierig, da ungesehen hinzukommen, am geschicktesten ist es von der Wasserseite aus. Dieser Hafenbereich ist nicht besonders gut beleuchtet, also können wir vorgehen, wie geplant. Sobald die Sprengladung platziert ist, können wir sie von überall aus auslösen. Im Idealfall sind wir dann schon auf dem Rückweg." Cal unterbrach ihn. „Das hört sich wunderbar an und ich frage mich, was dein Gesichtsausdruck zu bedeuten hat. Denn der verheißt nichts Gutes!"

Alec nickte. „Was schwierig werden könnte, ist, dass aktuell kein Boot vor Anker liegt, was für eine derartige Fahrt geeignet wäre. Weit und breit ist kein Fischerboot vertäut, das für so einen Transport infrage kommt."

Seine Männer stöhnten auf. Doch Cal ließ sich nicht entmutigen. „Ich hatte den Eindruck, dass Amir wusste, wovon er sprach. Ich denke ohnehin, dass es viel zu riskant wäre, 250 Drohnen tagelang auf einem Boot im Hafen liegen zu lassen!"

Tom nickte. „Das sehe ich auch so. Mich hat ein Mann auf dem Hafengelände abgewiesen, als ich nach Arbeit gefragt habe. Es hieß, ich müsse bis morgen früh warten, dann würden wieder Männer benötigt. Alec und ich werden also bei Tagesanbruch zusehen, dass wir einen Job beim Be- oder Entladen bekommen, vielleicht haben wir Glück."

„Bis dahin ruhen wir uns aus. Sobald es belebter ist, gehen wir vor, wie besprochen. Jo und Cal sehen zu, dass sie sich am Strand ein bisschen umhören. Ihr geht locker als Touristen durch, dasselbe gilt für Luke und David, ihr sucht gegen Abend eines der hafennahen Cafés auf. Tom und ich behalten ab heute Nacht den Hafen im Blick."

„Alles klar, Boss!", rief Jo und kam mit einer Ladung MREs aus einem kleinen Raum, der als Küche diente. Von den sogenannten Meals Ready-to-Eat, die militärische Variante von Fertigprodukten, die nur noch erhitzt werden mussten, würden sie sich die nächsten Tage ernähren. Einkäufe würden zu sehr auffallen, davon abgesehen durfte ihnen eine Magenverstimmung, wie sie von ungewohnter Nahrung entstehen konnte, nicht den Einsatzerfolg verderben. Jo reichte eine Teekanne herum, die zusammen mit den Gläsern in einem der Schränke gestanden hatte. Latif hatte ihnen wie immer einen unauffälligen Gruß zukommen lassen.

„Hat ewig gedauert, bis das Wasser gekocht hat, aber dafür gibts echten persischen Chai. Wenn wir vom Strand zurückkommen, verirren wir uns ein bisschen auf dem Hafengelände, sehe ich das richtig?"

Alec grinste nur und griff nach einer Tasse Tee. Jo wusste ebenso wie die anderen Männer, dass nichts unauffälliger war als verirrte Touristen. Doch das würde noch ein paar Stunden warten müssen, jetzt stand die Mahlzeit im Mittelpunkt. Alec nahm eines der MREs entgegen, die Jo ihm reichte. Lustlos stocherte er in der Mischung herum. Angeblich war es ein Chicken-Curry mit Reis, wie er mit einem kritischen Blick dem Aufdruck auf der Packung entnahm. Nach einem ersten Bissen wusste er, dass hier eher der Name Programm war als der Inhalt. Trotzdem aß er die leicht pampige, reichlich überwürzte Masse, mit dem starken Aroma von Konservierungsmitteln im Abgang auf. Einige der

Fertigpackungen schmeckten ganz okay, wenn man bedachte, dass sie zehn Jahre lang haltbar waren. Doch diese hier war nicht wirklich sein Fall. Oder er war einfach verwöhnt, seit er Lynns hervorragende Kochkünste genießen durfte. Alec war nicht sicher, ob ihm die Rationen früher auch so schlecht geschmeckt hatten. Mit einem großen Schluck Tee spülte er die Reste seiner Mahlzeit hinunter. Er war satt und darum ging es ja. Und nach dem Essen war nichts wichtiger, als etwas Schlaf nachzuholen.

Ordentlich räumte Eve ihre Kleidung aus dem Koffer in ihren Schrank. Auch wenn das Hausmädchen ihr angeboten hatte, das für sie zu übernehmen, tat sie dies am liebsten selbst. Sie konnte sich auch nach all den Jahren nicht daran gewöhnen, stets bedient zu werden. Und über die unmögliche Begrüßung durch Fred Porter kam sie auch nicht hinweg. Sie kannte den Sicherheitschef ihres Schwiegervaters kaum. Nur wenige Male hatten sie sich gesehen und bei diesen Gelegenheiten nur oberflächlich miteinander gesprochen. Trotzdem war es kein Grund, sie so unmöglich anzufahren, nur weil sie nach Hause kam. Himmel noch mal, schließlich wohnte sie hier und musste sich nicht rechtfertigen, wenn sie herkam.

Später stand Phil am Fenster und starrte in die einsetzende Dämmerung hinaus. Den ganzen Tag hatte er versucht, Eve aus seinem Gedächtnis zu verbannen. Da er den Lord nach Inverness zu einem Termin fahren, Besorgungen machen und Carley danach wieder hatte abholen müssen, hatte er wenig Zeit gehabt, über Eve nachzudenken. Jetzt aber kreisten seine Gedanken um eine einzige Sache: Eve. Die Eve, in die er sich mit sechzehn unsterblich verliebt hatte. Der er sein Herz geschenkt hatte, welches sie ihm nur Stunden später vor die Füße geworfen hatte. An jenem Tag, an dem sich seine Welt ohnehin in einen Trümmerhaufen verwandelt hatte. Sie jemals wiederzusehen und dann auch noch unter solchen Umständen, damit hatte er nicht gerechnet. Und auch nicht, wie viele Gefühle noch in ihm gärten. Mit einem Mal fühlte er, wie die alte Wut in ihm aufstieg. Er wandte sich ab und fuhr sich mit beiden Händen durch die Haare. Verdammt, er musste sich zusammenreißen. Es gab nun wirklich keinen ungünstigeren Zeitpunkt, um sich mit der Vergangenheit auseinanderzusetzen. Sie war die Schwiegertochter eines Verdächtigen. Damit verbot sich ohnehin jeder weitere Gedanke an sie. Sollte Eve ihn erkennen und das würde sie, wäre es für ihn unmöglich, länger zu bleiben, geschweige denn Informationen zu sammeln. Ihm blieb keine Wahl. Er musste heute Nacht das Arbeitszimmer durchsuchen. Dafür brauchte er seine volle Konzentration. Doch zunächst musste er Fred informieren.

Phil lief in seinem Zimmer auf und ab. Endlich klopfte es. Ohne eine Antwort abzuwarten, trat Fred ein.

„Was ist so wichtig, Youngster, dass du nicht warten kannst?"

Phil rieb sich nervös mit beiden Händen über das Gesicht. Erst dann wandte er sich zu Fred um.

„Eve. Ich meine Lady Carley. Sie ist das Problem. Ich meine, sie ist Eve!"

Fred hob die Hände. „Langsam, mein Junge! Jetzt von vorne und in Ruhe. Was ist dein verdammtes Problem?"

Phil hob den Blick und drehte sich dann von Fred weg. Erneut schaute er aus dem Fenster in die Dunkelheit. „Sie ist meine Eve."

Fred gab einen unbestimmten Laut von sich. Als Phils Ausbilder war es seine Aufgabe gewesen, die Rekruten an ihre Grenzen zu bringen – nicht nur physisch, sondern vor allem psychisch. Daher hatte er damals von Phils Schwachstelle erfahren. Seiner ersten großen Liebe und wie sie geendet hatte.

„Fuck, Phil, hat sie dich erkannt?"

„Nein, sie hat mich nicht gesehen. Aber es wird sich nicht vermeiden lassen. Wir müssen davon ausgehen, dass sie mich sofort erkennt. Damit ist meine Tarnung dahin."

„Ihr wart sechzehn, als ihr euch das letzte Mal gesehen habt. Da liegen Jahre dazwischen, wieso sollte sie sich an dich erinnern? Außerdem hast du dich verändert!" Fred sah ihn fragend an und Phil wich seinem Blick nicht aus.

„Nicht genug, befürchte ich. Ich habe sie ja auch erkannt. Davon abgesehen, bin ich nicht sicher, ob ich mich nicht selbst verrate." Obwohl er wusste, dass er mit diesem Eingeständnis die ganze Mission gefährdete, konnte Phil nicht anders, als Fred die Wahrheit zu sagen. Es brachte nichts, wenn er sich hier verstellte und bei der ersten Begegnung mit Eve alle Tarnung dahin war. Doch genau damit rechnete er, denn wenn ihre Stimme allein schon reichte, um ihn fast von der Leiter stürzen zu lassen, wusste er nicht, wie er mit einem direkten Kontakt umgehen sollte. Zu viele Gefühle tobten in ihm, seit er ihre Stimme gehört hatte.

Fred ließ sich mit einer Tirade von Flüchen auf Phils Bett fallen. „Wenn sie dich wiedererkennt, können wir das Ganze hier vergessen. Wir haben keine Ahnung, ob sie mit drinsteckt oder nicht. Vielleicht weiß sie etwas, toleriert es nur, oder aber sie ist tief in die Sache verstrickt. Es ist zu riskant."

Phil hatte Freds Ausbruch interessiert verfolgt. Seine Reaktion wirkte so authentisch, dass Phil erneut unsicher wurde, ob er Fred nicht doch auf die Ereignisse der vergangenen Nacht ansprechen sollte.

Aufgebracht stand Fred auf. „Kannst du sie überzeugen, den Mund zu halten? Sie auf unsere Seite ziehen?"

„Verdammt, wie soll ich das machen? Ich habe niemals herausbekommen, warum sie unsere Beziehung damals beendet hat. Unzählige Male habe ich versucht, mit ihr zu sprechen. Vergebens. Warum sollte sie mir ausgerechnet heute zuhören? Welchen Grund hat sie, mir zu glauben?"

Fred presste die Lippen aufeinander.

„Dann müssen wir ihr etwas anbieten, was sie nicht ausschlagen kann!"

Überrascht sah Phil ihn an. „Das dürfte nicht leicht werden, was hast du vor?"

Fred schwieg für einige Sekunden. Dann ging er zur Tür, öffnete sie einen Spalt und spähte hinaus.

„Niemand zu sehen." Er schloss die Tür und zog Phil mit sich auf die Bettkante. Seine Stimme war leise.

„Ich glaube, dass Lord Carley seinen Sohn ermordet hat!"

Phil blickte verblüfft auf. „Wie kommst du denn darauf?" In Absprache mit seinem Team hatte Phil die Informationen, die Amir ihnen zugespielt hatte, für sich behalten. Interessant, dass Fred unabhängig von ihnen zu diesem Schluss gelangt war.

„Francis ist vor einem knappen Jahr bei einem Unfall ums Leben gekommen. Die Todesumstände wurden nie genau geklärt, was aber vermutlich an den schlampigen Ermittlungen vor Ort lag. Der Lord hat mehrfach mit den ermittelnden Beamten gesprochen. Als diese keine neuen Ergebnisse bieten konnten, hat Lord Carley es auf sich beruhen lassen. Er sagte damals, es könne seinen Sohn auch nicht zurückbringen. Er ist mit seiner Schwiegertochter zurück ins Vereinigte Königreich geflogen. Seitdem tingelt sie durch diverse Luxusresorts und macht Wellness ..."

Fred unterbrach seinen Monolog, als Phil ihn irritiert ansah, und hob entschuldigend die Hände.

„Sorry, aber es ist nun mal so. Sie kümmert sich um nichts mehr, hat keinerlei Interesse an irgendwas. Ich denke, sie betäubt den Schmerz damit. Aber das ist nicht das Problem, sondern dass sie ausgerechnet jetzt, zum unpassendsten Zeitpunkt überhaupt, hier auftaucht. Wenn wir sie irgendwie auf unsere Seite ziehen wollen, dann nur, indem wir sie mit unserem Verdacht konfrontieren."

Phil schüttelte zweifelnd den Kopf. „Ich bin nicht sicher, ob das ausreicht. Eve war damals unglaublich loyal. Sollte sie sich nicht völlig verändert haben, wird sie sich nicht durch einen vagen Verdacht überzeugen lassen."

„Ich bin noch nicht fertig. Der Lord hat nach dem Tod seines Sohnes einfach so weitergemacht wie zuvor. Das hat selbst seine langjährigen Angestellten irritiert, ich habe da erst kürzlich ein paar Gespräche aufgeschnappt. Es gab kaum Veränderungen, lediglich meine Position als persönlicher Sicherheitschef wurde ausgebaut, da er der Ansicht war, es müsse noch besser für seine Sicherheit gesorgt werden."

Er stoppte Phil mit einer Geste, bevor dieser etwas sagen konnte. „Geduld, Youngster, die Vorgeschichte hat ihren Sinn, also hör zu. Wie ich dir schon erzählt habe, ist mein Job hier nicht besonders anstrengend. Das Sicherheitskonzept war von Anfang an sehr gut. Ich habe es auf das Erlebte geschoben, dass der Lord ein höheres Sicherheitsbedürfnis hat. Aber dann ..."

Genervt stand Phil auf. „Mensch Fred, bei dir bekommt der Ausspruch *Gut Ding will Weile haben* eine ganz andere Dimension. Kommst du irgendwann noch mal zum Punkt?"

„Spar dir deine Sprüche. Also gut, um es kurzzufassen: Auch wenn nach außen hin alles stimmig ist, glaube ich, dass der Lord weiß, wie sein Sohn zu Tode gekommen ist. Ich habe sogar den Verdacht, dass er irgendwie darin verwickelt ist. Und bevor du fragst, ich kann es nicht beweisen. Aber es sind kurz nach dem Tod seines Sohnes zwei außergewöhnlich hohe Bargeldabhebungen erfolgt, für die es keine Quittungen gibt. Ich habe Carley damals zur Bank begleitet und mir nichts dabei gedacht, du weißt ja, wie es im Iran oft läuft."

Fred schwieg und Phil sah ihn nachdenklich an, während die Gedanken in seinem Kopf rasten. Wie zum Teufel konnte Fred ihm hier in aller Ruhe berichten, dass sein Chef möglicherweise in den Tod seines eigenen Sohnes verwickelt war? Und wie in aller Welt hatte er das bisher für sich behalten können? Phil wusste nicht mehr, woran er mit Fred war. Doch die Klärung dieser Fragen musste warten. Zunächst musste er die Angelegenheit mit Eve unter Kontrolle bringen.

„Die Bargeldabhebungen können für sonst was verwendet worden sein. Damit werden wir Eve nicht überzeugen."

Hart fuhr Fred ihn an: „Dann sorg dafür, dass sie uns glaubt, überzeug sie!"

Mit spöttisch hochgezogener Augenbraue sah Phil seinen ehemaligen Ausbilder an. Fred fuhr fort: „Ich habe vor Wochen ein Gespräch in Teheran mitangehört, das mich im Nachhinein misstrauisch werden lässt. Carley sagte einige Male, dass es hier um ihn ginge und nicht um seinen Sohn. Er lasse nicht zu, dass an seiner Position gezweifelt werde, dies würden alle Gäste bei dem geplanten Treffen ein für alle Mal akzeptieren müssen. Dann sagte er sinngemäß, dass er zweifelsfrei bewiesen habe, wer das Sagen habe und dass er nicht einmal für seinen Sohn eine Ausnahme gemacht habe. Daran solle sich sein Gegenüber erinnern. Er hat damals mit dem Geschäftsführer des Hotels vor Ort gesprochen. Den genauen Anlass weiß ich nicht mehr, aber jetzt im Zusammenhang mit den Gästen und dem Verdacht des Waffenhandels kommt mir das Ganze merkwürdig vor. Das sind doch einfach keine schlüssigen Formulierungen. Ich habe keine weiteren Anhaltspunkte, aber vielleicht können wir zusammen mehr herausfinden."

Phil wurde nachdenklich. Fred klang so ehrlich wie eh und je. Er gab ihm keinen Grund, an seiner Aufrichtigkeit zu zweifeln. haderte mit sich, ob er erzählen sollte, was sie durch ihre Informanten hierzu an Infos erhalten hatten Er entschied sich dagegen.

„Unser Team sitzt bereits an den Finanzunterlagen des Lords dran, ebenso am Polizeibericht. Wir haben uns sowohl das Original, als auch die englische Übersetzung geben lassen, die ging damals auf Bitten des Lords an seinen Anwalt in Edinburgh und London. Wir finden sicher noch mehr heraus." Er schüttelte den Kopf, als er Freds arrogant wirkende Miene sah.

„Ich bin sicher, du hast das selbst schon getan, aber wir haben mittlerweile wirklich noch andere Möglichkeiten, glaub mir, Fred!"

Kurz nachdem Fred gegangen war, klingelte Phils Handy. „Ed, bist du angekommen?"

„Ja, eben gerade. Ich habe ein paar Neuigkeiten. Können wir uns irgendwo treffen?"

Phil warf einen Blick auf seine Uhr, bevor er antwortete. „Lord Carley zieht sich nach dem Abendessen immer für den Rest des Abends in sein Arbeitszimmer zurück. Ich sage Fred, dass ich die Gelegenheit nutzen werde und mich mit der Umgebung vertraut mache, offiziell habe ich das ja noch nicht getan. Gib mir zwei Stunden, dann treffe ich dich im Pub."

Gelächter und Musik drangen nach draußen und erfüllten die kühle Nachtluft. Phil öffnete die Tür und trat ein. Es war Freitagabend und der Raum entsprechend voll. Eine Reisegruppe hatte den Pub in Beschlag genommen, und das geschäftige Treiben sorgte dafür, dass niemand auf ihn achtete. Phil entdeckte Ed in einer der hinteren Ecken des Pubs, wo er allein an einem winzigen Tisch saß. Phil schlug sich zur Theke durch und bestellte zwei Pint. Mit beiden Gläsern in der Hand quetschte er sich durch die Menge. Ed blickte lächelnd auf, als Phil an den Tisch trat und ihm ein Bier hinstellte. Phil organisierte sich einen der letzten freien Stühle und bugsierte ihn zu Ed. Dieser wirkte müde, seine Augen waren von dunklen Schatten umrahmt.

Phil setzte sich ihm gegenüber. „Mann, haben wir ein Glück, dass der Pub so voll ist. Da können wir uns in Ruhe unterhalten. Du siehst übrigens aus, als hättest du die Party schon hinter dir."

Ed schüttelte den Kopf, ein müdes Lächeln huschte über sein Gesicht.

„Leider nur die Nächte, Partys gab es keine, wir haben quasi durchgemacht. Als die Jungs sich auf den Weg gemacht haben, saß ich schon im Auto in Richtung Highlands."

„Danke." Phil hob das Bierglas und prostete ihm zu. Ed trank einen Schluck.

„Ist alles klar bei dir? Ich habe gedacht, du schaffst es nicht mehr aus dem Schloss, so spät, wie du bist."

Phil nickte. „War ziemlich viel los. Fred sollte definitiv nicht auftauchen, insofern können wir uns ein bisschen Zeit lassen."

„Wird man dich vermissen?"

Phil schüttelte den Kopf. „Offiziell sehe ich mir die Gegend an."

„Dann fass mal zusammen, was bei dir los ist." Interessiert beugte Ed sich vor.

Phil ließ sich nicht lange bitten. Er atmete tief durch und erzählte von den Ereignissen der letzten Stunden. Als er geendet hatte, stöhnte Ed und trank einen Schluck. „Komplizierter hättest du es wirklich nicht machen können. Verdammt, wir müssen uns gut überlegen, was du ihr anbieten kannst, sonst können wir deine Tarnung vergessen." Er runzelte die Stirn. „Was Fred betrifft - ich kann es im Moment ebenfalls nicht einordnen. Es kann harmlos sein, dass er die Rückschlüsse erst vor Kurzem gezogen hat." Er seufzte. „Oder er steckt mit drin, ich würde im Moment genau wie du nichts ausschließen."

Die fröhlichen Stimmen und das Klirren von Gläsern überdeckten ihr ernstes Gespräch. Phil nippte gedankenverloren an seinem Bier. Es war schwierig, sich Fred gegenüber normal und kooperativ zu verhalten, doch weitaus schwieriger würde es werden, Eve auf ihre Seite zu ziehen. Es war klar, dass sie Eve in ihre Pläne einbauen mussten, denn ein Blick auf ihn und seine Tarnung war Geschichte. Ihr auszuweichen war keine Option, schließlich wohnte sie im Schloss.

Phil lehnte sich auf seinem Stuhl zurück. „Habt ihr noch was ausgraben können? Hat Fred recht mit seinem Verdacht, dass der Tod ihres Mannes kein Unfall war?"

Ed nickte. „Der ins Englische übersetzte Polizeibericht ist ein Witz. Schlampige Ermittlungsarbeit, die nur noch von der schlechten Übersetzung getoppt wird. Damit kann kein Polizist was anfangen, und wenn du mich fragst, ist der Bericht auf der Stelle im Archiv abgelegt worden. Lord Carley hatte kein Interesse an weiteren Nachforschungen und somit hatte sich das direkt erledigt. Wir haben uns die Originalakte besorgt. Die ist ausführlicher, die Ermittlungen sind aber in der Tat extrem schlampig gewesen. Das Auto von Francis Carley ist in einer Nebenstraße in eine Schießerei geraten. Ein Streit unter zwei Familien, es wurden angeblich Warnschüsse in die Luft abgegeben, die unglücklicherweise ihn trafen. Der Krankenwagen kam nicht zu ihm durch, der Stau war zu groß."

„Gibt es Anhaltspunkte, die gegen diese Variante sprechen?"

„Ja. Francis ist normalerweise eine andere Strecke gefahren. Er wollte in die Innenstadt, musste aber einen
Umweg nehmen, da es aufgrund zwei liegengebliebener LKWs einen riesigen Stau gegeben hatte. Der hat
sich laut Polizeibericht angeblich aus heiterem Himmel
aufgelöst, nachdem Francis in die Schießerei geraten
war, weil beide LKWs wie durch ein Wunder plötzlich
wieder ansprangen und weiterfahren konnten.“

„Seltsam. Das ist alles?“

„Leider ja, und die Bargeldabhebung, die dir Fred genannt hat, hilft nicht wirklich weiter. Es gab zusätzlich
noch ein paar Telefonate, die der Lord mit einer polizeibekannten Familie aus Teheran geführt hat. Aber das ist
ebenfalls erklärbar, da sich einer von ihnen im Hotel beworben hat, somit geht auch das nicht als zwielichtiger
Kontakt durch. Tut mir leid, Mann.“

Ed sah ihn entschuldigend an. Dann wechselte er abrupt das Thema. „Hast du was gegessen?“

„Was habe ich?“

„War ja klar, ich bestelle uns was.“

Phil beobachtete belustigt, wie Ed aufsprang und in
Richtung Tresen lief. Erst jetzt nahm er seinen knurrenden Magen wahr. „Bring schon mal ein paar Chips mit,
aber die gelben!“, rief er Ed hinterher, der, ohne sich
umzudrehen, mit der Daumen-hoch-Geste antwortete.

Phil lehnte sich auf dem Stuhl zurück. Wie so oft
hatte er tatsächlich vergessen, etwas zu essen, und wie
immer, fiel das nicht ihm, sondern jemandem aus dem
Team auf. Aber so war es, sie kannten sich untereinan-

der besser, als ihre Familien sie kannten, und daher war er nicht wirklich überrascht, dass Ed ihm mal wieder zuvorgekommen war.

Phil riss Ed eine der gelben kleinen Chipstüten fast aus der Hand, als dieser zurück an den Tisch kam. Er stopfte sich eine Handvoll Chips in den Mund und stöhnte genüsslich auf. Himmel, die Chips von Lays waren wirklich die besten. Ihm war tatsächlich ganz flau gewesen, ohne dass er es bemerkt hatte. Er leerte seine Tüte in Rekordzeit und starrte auf den Rest, der noch in Eds Chipstüte war. Der schob ihm grinsend die Tüte entgegen und Phil griff genüsslich hinein. Entschuldigend hob er die Schultern. „Sorry, aber diese fünfunddreißig Gramm sind einfach zu wenig."

Bevor Ed etwas erwidern konnte, wurde ihr Essen an den Tisch gebracht. Phil stürzte sich mit Heißhunger auf den Eintopf und verbrannte sich fast die Zunge, als er sich einen vollen Löffel in den Mund schob. Entschuldigend hob er die Schultern. „Ich habe seit dem Frühstück nichts mehr gegessen, bin einfach nicht dazu gekommen. War zu viel los", fügte er als Erklärung hinzu, doch Ed winkte lachend ab.

Nachdem beide das typisch schottische „Lamb and Barley Stew" genossen hatten, nahmen sie ihr Gespräch wieder auf. Doch viel weiter kamen sie auch jetzt nicht.

„Wir haben nicht genug Beweise", murmelte Phil, während er mit einem Finger nervös über das Holz des Tisches strich. „Nur Indizien. Die Informationen, die wir zum Tod von Francis Carley haben, machen misstrauisch, aber ob ich Eve damit davon überzeugen kann, dass ihr Mann von seinem eigenen Vater ermordet wurde ... Das wird sie wahrscheinlich nicht beeindrucken, geschweige denn auf unsere Seite ziehen. Sie hatte schon damals ein hitziges Temperament. Und da ich keine Ahnung habe, warum das mit uns in die Brüche gegangen ist, weiß ich nicht, wie sie auf mich reagiert."

Phil unterbrach sich, als Ed einen erstickten Laut von sich gab. Er sah auf und Ed konnte sein Lachen nicht länger unterdrücken. Phil verdrehte die Augen. „Tu dir keinen Zwang an, lass es raus."

Ed wischte sich ein paar imaginäre Lachtränen aus den Augen. „Dass ich das noch erlebe. Unser Ladykiller und Gigolo vor dem Herrn hat keine Ahnung, wie eine Frau auf ihn reagiert."

„Sehr witzig", murrte Phil vor sich hin.

Dabei hatte Ed nicht unrecht. Bisher hatte er sich selten einen Korb geholt, im Gegenteil, die Frauen waren ihm wohlgesonnen und er hatte seinen Spaß.

Die Welt war ein Spielplatz, nicht ein Ort für ernsthafte Bindungen. Diese Lektion hatte Eve ihn gelehrt. Er warf Ed einen genervten Blick zu.

„Anstatt hier herumzublödeln, solltest du mir lieber die Daumen drücken, dass ich sie so weit bekomme, dass sie meine Identität nicht preisgibt und mich weitere Beweise sammeln lässt."

Ed sah ihn skeptisch an. „Dann drücke ich dir ab sofort die Daumen, dass du dich nicht überschätzt und dein unwiderstehlicher Charme auch bei ihr zieht. Ich versuche in der Zwischenzeit, noch mehr über diese angeblich verdächtige Familie aus Teheran herauszubekommen, mit der Lord Carley rund um den Todeszeitpunkt seines Sohnes so viel Kontakt hatte."

„Mach das", stimmte Phil zu. „Allerdings habe ich noch eine Bitte." Er stockte und fuhr sich mit beiden Händen übers Gesicht.

„Kannst du Eve durchchecken? Ich brauche alles, was du finden kannst. Ich habe die gängigen Klatschpresseseiten und die meisten Zeitungsartikel der letzten Jahre gelesen. Sie ist nur einige Male in Begleitung ihres Mannes auf Charity Events gewesen, von Zeit zu Zeit war sie im Zusammenhang mit den Hotels auf Fotos. Viel war es nicht und ich fürchte, ich brauche im Zweifelsfall noch einige Trümpfe in der Hand."

Diese Bitte fiel ihm schwer, aber es war sinnvoll, Eve genaustens zu durchleuchten. Ed nickte. „Ich setze mich nachher gleich dran."

„Danke, Ed. Melde dich, sobald du was hast. Aber vorher gönn dir eine anständige Runde Schlaf. Ich nehme mir heute Nacht ohnehin erstmal das Arbeitszimmer des Lords vor."

Sie gingen zu belanglosen Themen über, blieben noch eine Weile sitzen und tranken ihr Bier leer. Als Phil sich auf den Weg zurück machte, fühlte er sich deutlich entspannter als bei seiner Ankunft im Pub. Auch wenn er es sich nicht hatte eingestehen wollen, war er Alec verdammt dankbar, dass er nicht länger ohne Rückendeckung dastand.

1 5

Phil schlich die lang gezogene Treppe hinauf. Mittlerweile hatten sich alle Bewohner zur Nachtruhe begeben und es war still im Schloss. Dank des Teppichs blieben seine Schritte nahezu lautlos. Ungehindert erreichte er das Arbeitszimmer von Lord Carley und stellte fest, dass es unverschlossen war. Routiniert nahm er sich zuerst den Schreibtisch vor. Er klemmte sich die kleine Taschenlampe zwischen die Zähne, um die Hände frei zu haben. Die Leuchtkraft war eingeschränkt, sodass er nicht befürchten musste, dass der Lichtkegel von außen gesehen wurde. Gerade als er der letzten Schublade widmete, öffnete sich die Tür zum Arbeitszimmer und das Licht flammte auf. Eve stand, lediglich mit einem langen grauen Shirt bekleidet, in der Tür.

„Wer sind Sie und was …"

Klirrend fiel die Tasse aus ihrer Hand zu Boden.

„Phil?"

Ihre grauen Augen starrten ihn an. Einen Wimpernschlag später änderte sich der Ausdruck in ihnen. Instinktiv sprang er auf sie zu und drückte ihr die Hand auf den Mund. Gerade noch rechtzeitig, denn sie hatte ihr überschäumendes Temperament genauso wenig unter Kontrolle wie früher. Sie wandte sich unter seinem Griff, konnte aber keinen Laut von sich geben. Ihre langen braunen Haare peitschten ihm ins Gesicht. Der Duft ihres Parfüms lenkte ihn zunehmend ab. Es war derselbe Duft wie damals. Unbewusst ließ er ihr ein wenig Bewegungsfreiheit, woraufhin sie sofort versuchte, ihn in die Hand zu beißen. Genervt schnaubte er auf und setzte aufs Ganze. Wenn er auch nur den Hauch einer Chance haben sollte, musste er sie auf seine Seite ziehen.

„Ich brauche deine Hilfe!" Seine Stimme war nur ein Hauch an ihrem Ohr, aber sie erstarrte. Vorsichtig ließ er ihren Mund frei. Ein Fehler.

„Was erlaubst du dir? Mit welchem Recht …"

Abermals legte sich seine Hand über ihren Mund. Verdammt, jetzt war er genau an dem Punkt, den er so gerne vermieden hätte. Auch wenn er sich dafür hasste, spielte er den einzigen Trumpf aus, den er im Moment hatte: „Es geht um deinen verstorbenen Mann, also hör mir zu!"

Augenblicklich wich jede Energie aus ihr. Es dauerte ein paar Herzschläge, bis sie sich wieder rührte. Mit einer schwachen Bewegung drückte sie seine Hand weg.

„Was weißt du über meinen Mann?" Ihre Stimme war nur noch ein Flüstern.

Schritte waren auf dem Flur zu hören. Rasch blickte Phil sich um.

„Sorg dafür, dass ich nicht auffliege, und ich erzähle dir, was ich weiß! Komm in einer halben Stunde zur alten Eiche am Ende des Grundstücks." Geräuschlos verschwand er im Schatten des Kamins.

Phil hörte, wie jemand das Arbeitszimmer betrat.

„Eve, ist etwas geschehen?" Es war die Stimme von Lord Carley. Er klang besorgt. Angespannt wartete Phil, welche Antwort Eve geben würde. Er hörte, wie sie sich räusperte. Ihre Stimme klang etwas unsicher. „Ach, ich konnte nicht schlafen und dachte, ich hole mir noch ein Buch."

„Dafür gehst du in mein Arbeitszimmer und nicht in die Bibliothek?" Die Stimme des Lords klang freundlich, doch Phil registrierte das deutliche Misstrauen.

Eve lachte leicht. „Ich wollte mir ein Buch von George MacDonald holen. At the Back of the North Wind. Francis hat es so gern gelesen und du bewahrtest es doch immer hier im kleinen Regal auf. Ich bin über den Teppich gestolpert und habe die Teetasse fallen lassen. Es tut mir leid, dass ich dich geweckt habe."

Phil konnte nicht sehen, was sich genau abspielte, aber offenbar hatten Eves Worte Lord Carley beruhigt. „Das Buch steht mittlerweile in der Bibliothek. Ich begleite dich und zeige dir, wo du es finden kannst."

Die Stimmen entfernten sich und wenige Sekunden später ging das Licht aus. Phil spürte, wie seine Knie vor Erleichterung weich wurden. Durchatmend lehnte er sich an die Wand. Eine Welle von Emotionen schwappte über ihn hinweg. Eve wiedergesehen zu haben, sie zu spüren – und zu wissen, dass sie trotz ihrer unerklärlichen Abneigung ihm gegenüber auf seiner Seite gewesen war. Er fuhr sich mit der Hand über den Nacken. Über all diese Dinge würde er eine Weile nachdenken müssen. Allerdings nicht hier. Seine eigenen Gefühle galt es wieder einmal hintanzustellen. Der Fokus lag auf dem Auftrag. Und um den zu erfüllen, musste er schnellstens raus aus diesem Zimmer.

Das Glück war auf seiner Seite und Phil erreichte, ohne entdeckt zu werden, die alte Eiche an der Grenze des Grundstücks. Er hatte sich beeilen müssen, um die von ihm vorgegebene Zeit einzuhalten, aber Eve war noch nicht da. Er lehnte sich an die raue Rinde und hoffte, dass sie kommen würde.

Nach ein paar Minuten hörte er leise Schritte. Als er aufsah, erkannte er Eve. Sie trug eine Jacke und hatte eine Kapuze auf. Neben ihr lief ein alter Jagdhund. Phil hatte den Hund schon einige Male gesehen, war aber davon ausgegangen, dass der English Foxhound dem Gärtner gehörte.

„Ich dachte, so ist es unauffälliger, wenn ich um diese Zeit noch mal aus dem Haus gehe."

Ihre Stimme klang kühl und reserviert, aber Phil hörte dennoch die Unsicherheit heraus. „Was tust du hier, Phil, und was weißt du über meinen Mann?"

Phil sah sie an, doch es war zu dunkel, um ihr Gesicht genau zu betrachten. Er seufzte.

„Ich muss sichergehen, dass du mich nicht verrätst. Und auch mit niemandem darüber sprichst, wenn ich dir jetzt etwas anvertraue."

„Hast du denn überhaupt etwas zu sagen? Oder war das Ganze einfach nur ein Trick, damit ich dich nicht verpetze? Wolltest du etwas klauen? Bist du in Geldnot?"

Phil schnaubte auf, verkniff sich aber einen Kommentar. Es war offensichtlich, dass sich ihre Gefühle für ihn nicht geändert hatten. Doch darauf durfte er keine Rücksicht nehmen.

„Habe ich dein Wort?", wiederholte er eindringlich.

Sie rang mit sich, das war nicht zu übersehen, doch dann nickte sie.

„Ja, du hast mein Wort, ich verspreche es dir."

Phil atmete auf. Auch wenn er nicht mit Sicherheit wusste, was in den letzten Jahren geschehen war, so hoffte er, dass sie ihre moralischen Grundsätze nicht alle über Bord geworfen hatte. Wenn Eve ihm früher ein Versprechen gegeben hatte, dann war es etwas wert gewesen. „Ich arbeite undercover unter dem Namen Phillip Andrews für ein Team, das einen Waffenhändler enttarnen will. Alle Hinweise deuten darauf hin, dass es sich hierbei um Lord Carley, deinen Schwiegervater, handelt. Ich bin hier, um die letzten Beweise zu beschaffen."

Sie stieß ungläubig die Luft aus. „Was soll das denn heißen, Phil?"

„Das heißt genau das, was ich gesagt habe. Es gibt Indizien, die dafür sprechen, dass dein Schwiegervater illegal mit Waffen handelt. Er nutzt seine Hotels zur Tarnung beziehungsweise für die Abwicklung der Geschäfte."

„Das ist absoluter Unsinn, Phil, das glaube ich nicht!"

Energisch schob sie sich eine lose Haarsträhne hinter ihr linkes Ohr.

„Ich weiß, dass es schwer zu glauben ist, aber ich bin nicht grundlos hier. Der Mann, den wir suchen, ist seit Jahren unerkannt, aber sehr erfolgreich in diesem Geschäft. Er liefert skrupellos Waffen, an jeden, der ihn bezahlt, ohne sich darum zu kümmern, was damit passiert. Ob sie zu Anschlägen genutzt werden oder viele Unschuldige dabei ums Leben kommen, ist ihm völlig egal."

Eve fuhr aufgebracht zu ihm herum. „Ich kann nicht fassen, dass du glaubst, mein Schwiegervater steckt dahinter. Wie kannst du nur? Er könnte das nicht tun. Solche Dinge sollte niemand tun, so etwas ist furchtbar!"

Phil unterbrach sie. „Genau so hat es dein Mann auch gesehen. Ich bin sicher, dass er davon wusste und nichts damit zu tun haben wollte!"

„Du willst mir doch nicht ernsthaft einreden, dass mein Mann in diese Dinge verwickelt war."

Eve strich sich erneut eine Haarsträhne hinter das Ohr, doch der Wind pustete sie ihr direkt wieder ins Gesicht.

„Wir waren fast fünf Jahre zusammen. Es gab keine merkwürdigen Treffen und keine verdächtigen Situationen. Ja, wir waren oft in verschiedenen Ländern und auch im Nahen Osten. Dort sind unsere Hotels, genau wie in unzähligen anderen Ländern!"

Phil ahnte, dass ihre Augen ihn wütend anblitzten, auch wenn er das in der Dunkelheit kaum erkennen konnte. Zum ersten Mal hatte sie von „unseren Hotels" gesprochen, und so emotional, wie sie reagierte, musste er vorsichtig bleiben. Eve hatte ihren Mann auf fast alle Reisen begleitet, daher war es gut möglich, dass sie in die ganze Angelegenheit involviert war. Dennoch verstand er ihre Wut und ihre Zweifel nur zu gut. Sie war schon immer loyal den Menschen gegenüber gewesen, die ihr am Herzen lagen. Rasch verdrängte er den Gedanken daran, dass auch er einmal zu diesen Personen gehört hatte.

„Ich verstehe, dass du die beschützt, die du liebst. Aber ich habe mir die Indizien nicht aus den Fingern gezogen."

Er machte einen Schritt auf sie zu. „Ich kann im Moment nur sagen, dass wir davon ausgehen, dass dein Mann nicht beteiligt war. Allerdings bin ich mir sicher, dass er von dem Waffenhandel wusste."

„Wenn du dir so sicher bist, dann beweise es, Phil. Wenn du irgendeinen Beleg für deine Anschuldigungen hast, dann komm wieder. Doch so lange wirst du weder meinen Schwiegervater in den Dreck ziehen, noch das Ansehen meines Mannes beschmutzen!"

„Genau dafür benötige ich Zeit. Vertrau mir und lass mich einige Tage hier weitermachen. Behalte für dich, dass wir uns kennen."

„Dir vertrauen?" Sie lachte wehmütig auf. „Vertrauen muss man sich erarbeiten. Nur weil ich mir sicher bin, dass du keinerlei Beweise für deine Vorwürfe finden wirst, kannst du weitermachen. Und keine Sorge, ich werde bestimmt niemanden wissen lassen, dass wir uns kennen. Noch einmal muss ich mir diesen Sommer nicht vor Augen führen!"

Sie wandte sich ab und wollte zurück ins Haus gehen. Überrascht von der Kälte, die in ihrer Stimme lag, hielt Phil sie zurück, indem er seine Hand auf ihren Arm legte. „Was meinst du?"

Mit einem Schnauben schüttelte sie ihn ab. „Meinst du nicht, ich bin dir weit genug entgegengekommen? Ich lasse mich von dir doch nicht vorführen!"

Sie zog ihre Kapuze über die Haare und trat unter dem Baum hervor.

„Verdammt, Eve, was soll das?"

Die Wut in seiner Stimme ließ sie nur kurz innehalten, dann ging sie weiter zielstrebig in Richtung Haus. Sie war keine drei Schritte weit gekommen, als Phil sie festhielt. „Sag mir endlich, was zur Hölle du mir vorwirfst! Ich weiß bis heute nicht, was ich dir getan haben könnte! Warum bist du damals von einem auf den anderen Augenblick verschwunden?"

Ihr hartes Lachen schnitt wie Glas in sein Herz.

„Du lächerlicher Lügner! Glaubst du wirklich, dass ich mich von dir noch einmal so demütigen lasse?"

Der Mond, der ausgerechnet jetzt durch die Wolken blitzte, ließ ihn ihre Mimik überdeutlich wahrnehmen. Ihre Kapuze war heruntergerutscht und warf dunkle Schatten auf ihre Wangen, sodass ihr Gesicht hart wie eine Maske wirkte. So gefühllos und kalt hatte er sie noch nie gesehen.

„Eve, was habe ich dir getan?"

Seine Stimme war so leise, dass er zunächst glaubte, dass sie ihn nicht gehört hatte. Ihr Blick hielt seinen fest und für einen Moment fühlte es sich wieder so an wie mit sechzehn. Doch einen Wimpernschlag später verschwand das wohlige Gefühl. Ihre Stimme klirrte fast und klang kalt wie Eis.

„Du wagst es allen Ernstes, mich zu fragen, was du getan hast? Du hast vernichtet, genau wie jetzt! Hast du ihr Leben damals genauso zerstört wie meins? Hast du sie direkt fallen lassen oder bist du erst ein paar Tage später nach einer Portion Eis vom Strand aus in die Arme des nächsten Mädchens gefallen? Welche Haarfarbe hatte sie diesmal? Dieselbe wie das kleine blonde Barbiepüppchen, oder hast du mal was anderes probiert?"

Als Eve sich dieses Mal abwandte, ließ Phil sie gehen.

1 6

Zehn Jahre zuvor

Die Sonne brannte heiß auf den Sand und der Himmel war strahlend blau. Die sanften Wellen plätscherten rhythmisch an den Strand. Phil und Eve lagen auf ihren bunten Strandtüchern, umgeben von einer Atmosphäre voller Lachen und Freude. Der Duft von Sonnencreme und frischem Meerwasser lag in der Luft, während sie beide ein köstliches Eis in den Händen hielten. Phil hatte sich für ein klassisches Erdbeereis entschieden, Eve wählte die exotische Kombination aus Kokos und Ananas.

„Mmh, das ist so lecker!", schwärmte Eve und leckte genüsslich an ihrem Eis. Ihre Augen funkelten vor Freude, und Phil konnte nicht anders, als sie bewundernd anzusehen. „Du solltest mal probieren, es ist definitiv das leckerste Eis, das ich je gegessen habe!"

„Ich bleibe lieber bei Erdbeere." Phil grinste und beobachtete, wie ein Tropfen Eis über Eves Hand lief, den sie hastig ableckte. „Davon darf kein bisschen verloren gehen!"

Eve lachte, und Phil fühlte sich unbeschwert, wie immer, wenn er Zeit mit ihr verbrachte. Seine Eltern waren seit einer Ewigkeit zerstritten und machten sich gegenseitig das Leben zur Hölle. Seine jüngere Schwester und er waren schon vor Jahren in ein Internat abgeschoben worden. Das war allerdings eine der besten Entscheidungen gewesen, die seine Eltern je hatten treffen können – Phil genoss, ebenso wie seine Schwester Lily, die Zeit im Internat sehr.

Die Ferien, die sie wie immer bei ihrer Tante in Brighton verbrachten, drohten für ihn erneut zum Langeweile-Höhepunkt des Jahres zu werden. Dann aber hatte er Eve getroffen. Sie war erst vor einem Jahr nach Brighton gezogen. Seit er sie kannte, genoss er die Ferien. Die konservative Haltung, die Regeln und Erwartungen seiner Tante wurden zu einer Nebensache. Phil freute sich einfach auf Eve. Und sie genoss es, nicht die ganze Zeit mit ihren Eltern verbringen zu müssen, die eine kleine Gästepension betrieben.

„Weißt du, ich war mir sicher, dass dies der langweiligste Sommer überhaupt wird. Nichts als Touristen und Urlauber, die alle eine tolle Zeit haben und von vorne bis hinten bedient werden müssen." Sie rümpfte abfällig die Nase. „Als ob die was Besseres sind."

Phil lachte und sah sie an. „Das gehört zum Urlaub machen doch dazu."

„Du bist ein Snob. Aber kein Wunder, schließlich wirst du eines Tages ein wunderschönes Titelchen tragen. Wie war das doch gleich? Duke of ..."

Phil warf sich auf sie und kitzelte sie von oben bis unten durch. Eve kringelte sich zusammen und versuchte, ihm auszuweichen, doch sie konnte sich kaum bewegen vor lauter Lachen. „Gnade, ich gebe auf!"

Phil ließ kurz von ihr ab. „Wirst du noch einmal diesen dämlichen Titel in den Mund nehmen?"

Eve schüttelte lachend den Kopf und befreite sich von seinen Händen. „Kein Wort kommt über meine Lippen." Sie stand auf. „Aber nur, wenn seine Lordschaft mir noch ein Eis spendieren, als Schweigegeld sozusagen."

Phil kniff die Augen zusammen und sprang auf. Mit einem gespielten Schrei stürzte er sich auf Eve, die zur Seite auswich und mit großen Sätzen über den Sand in Richtung Brandung lief. Als sie bis zu den Knien im Meer stand, holte Phil sie ein und riss sie in die Wellen. Gemeinsam liefen sie in die Fluten, sprangen über Wellen und tobten durch das Wasser, bis es ihnen zu kalt wurde. Auch im Sommer wurde das Meer hier selten wärmer als sechzehn Grad.

Zusammen rannten sie zurück zu ihren Decken und Eve wickelte sich sofort in ihr Handtuch. Phil ließ sich neben sie fallen und beide streckten sich in der prallen Sonne aus. Obwohl Eve die Zähne vor Kälte klapperten, drehte sie sich zu ihm um und fragte: „Bekomme ich noch mein versprochenes Eis?"

„Bist du sicher, dass ich dir keine heiße Schokolade holen soll?" Phil grinste sie an.

Eve schüttelte den Kopf. „Eis! Dasselbe wie eben, ansonsten kann ich nicht dafür garantieren, dass mir das mit dem Lord nicht doch noch mal über die Lippen kommt!"

Phil ließ sich mit einem gespielten Seufzen nach hinten sinken. Irgendwann, als sie von ihren Eltern gesprochen hatten, war ihm rausgerutscht, dass sein Vater der Duke of Bradford war. Er selbst hasste die Zwänge, die ihm diese Herkunft auferlegte, daher flüchtete er, so oft es ging, vor diesen Verpflichtungen und behielt seinen familiären Hintergrund für sich.

„Das hat man nun davon, einmal ehrlich gewesen und dann so was." Stöhnend richtete er sich auf und suchte nach ein paar Münzen. „Dann werde ich mal zusehen, dass ich meine Schulden begleiche!"

Eve sprang auf und schlang die Arme um seinen Hals. „Ich bin echt süchtig danach, danke, dass du es mir holst, das, ist wirklich süß von dir!" Sie drückte sich an ihn. Sie reichte ihm nur bis an die Schulter, aber das auf eine Art, die sich unendlich perfekt anfühlte. Und hier, genau in diesem Moment, hatte Phil das Gefühl, dass es sehr viel mehr war als ein Ferienflirt. Es war ein ganz anderes Gefühl. Tiefer und irgendwie etwas, das sich seltsam und verdammt gut zugleich anfühlte.

Phil sah sie an und die Welt um sie herum schien stillzustehen. „Es fühlt sich wirklich perfekt an", murmelte er.

Eve lächelte und verschränkte ihre Finger mit seinen. „Finde ich auch." Sie tastete vorsichtig mit der anderen

Hand nach seiner Wange. Fragend, zögernd, dann aber mutiger kam sie näher und ihre Lippen strichen sanft über seine. Der Geschmack nach Ananas und Kokos mischte sich mit einem Hauch Erdbeereis. Leicht und vorsichtig trafen sich ihre Lippen zu einem ersten Kuss.

Als der Nachmittag in den Abend überging, schlenderten Phil und Eve die Promenade entlang. Die ersten Minuten ihres Heimwegs konnten sie gemeinsam laufen, bevor sich ihre Wege trennten. Phil gab Eve einen leichten Kuss auf die Lippen. Noch immer hatte er das Gefühl, nie genug von ihr zu bekommen. „Ich ruf dich nachher direkt an, versprochen." Er umarmte sie und küsste sie erneut. „Und morgen leihen wir uns ein Boot und gehen segeln!"

Eve strahlte ihn an und Phil fühlte sich, als würde er auf Wolken zu schweben. Als Eve sich verabschiedete, winkte sie ihm hinterher. So oft er sich umdrehte, sie stand noch immer da und blickte ihm winkend nach.

Er fühlte sich leicht, fast ein bisschen betrunken vor Glück, während er die letzten Straßen bis zum Haus seiner Tante entlanglief. Vergessen war, dass seine Eltern sich just in diesem Moment scheiden ließen. Sein Leben hatte einen Sinn und bei allem, was ihm in den Kopf kam, war Eve an seiner Seite. Mit einem Lächeln öffnete er die halbhohe Pforte und trat in den Garten seiner Tante. Seine Schritte knirschten über den Kiesweg. Er warf einen Blick auf die üppig blühenden Rosenbüsche. Ob Eve so etwas gefallen würde? Er würde sie ...

Ein Schrei durchbrach die Stille. Aufgeschreckt blickte er sich um und sah seine Schwester Lily den Gartenweg entlang auf ihn zu rennen. Ihr Gesicht war tränenüberströmt. Mit einem Mal war die Hochstimmung verschwunden, die Phil bis eben noch verspürt hatte. „Was ist denn?" Er streckte instinktiv die Arme aus, um seine Schwester aufzufangen, die sich direkt hineinwarf.

„Phil ...", schluchzte sie und er stellte entsetzt fest, dass sie zitterte.

„Lily, was ist los?"

Noch immer zitternd und schluchzend in seine Arme gedrückt, stürzten die Worte zusammenhanglos aus ihr heraus.

„Mum und Dad ... das Auto ... auf dem Weg ... sie konnten nicht ... ein Unfall ... Phil, was tun wir nur ohne sie ...?"

Phil konnte nichts anderes tun, als seine Schwester fest in den Armen zu halten. Er hatte nicht alles begriffen, doch das, was er verstanden hatte, ließ ihn fast in die Knie gehen: Ihre Eltern waren mit dem Auto tödlich verunglückt.

So klar, als ob er erneut den Garten seiner Tante in Brighton betreten würde, sah er diesen Tag vor zehn Jahren vor sich. Fast spürte er wieder die warme Sonne, hörte den Ruf seiner Tante. Der Kies hatte unter seinen Schuhen geknirscht, als er den Aufschrei seiner Schwester vernommen hatte. Sekunden später hatte sie schluchzend in seinen Armen gelegen. Irgendwann war auch zu ihm durchgedrungen, was geschehen war. Dass ihre Eltern bei einem Verkehrsunfall tödlich verunglückt waren. Er wusste nicht mehr, wie lange er im Garten gestanden und seine Schwester im Arm gehalten hatte.

Phil hielt inne. Mit einem Mal wusste er, was damals passiert war, was Eve mit all ihren Anspielungen meinte. Offenbar war sie ihm vom Strand aus gefolgt und hatte gesehen, wie er seine Schwester in den Armen hielt. Für einen Außenstehenden hatte die Situation missverständlich aussehen können. Lily, seine zwei Jahre jüngere Schwester, war in der Tat blond. Und verständlicherweise hatten sie sich fest umarmt, um nicht zu sagen, dass sie sich aneinandergeklammert hatten.

Sein Leben hatte sich an diesem Tag grundlegend verändert. Nicht nur, dass Lily und er um ihre Eltern trauerten – nein, er hatte auch den vermeintlich letzten Halt verloren. Eve. Das Mädchen, für das er so viel empfunden und das ihm langsam aber sicher das Vertrauen in die Liebe zurückgegeben hatte.

Doch dann war sie ohne Erklärung gegangen und hatte all dieses Vertrauen, all die Wärme, die er in diesem Sommer empfunden hatte, mitgenommen. Seine Eltern hatten seiner Schwester und ihm jahrelang in Perfektion vor Augen geführt, was ein Rosenkrieg inklusive zahlreicher Schlammschlachten und Geliebten auf beiden Seiten mit sich brachte. Liebe war für ihn der Inbegriff der Heuchelei gewesen, Zuneigung nur Mittel zum Zweck. Mit Eve hätte es anders werden können, doch nachdem sie sich derart unverständlich von ihm abgewandt hatte, ohne dass er gewusst hatte, warum, hatte er die Einstellung seiner Eltern übernommen. Beziehungen waren nur Mittel zum Zweck, und bis eben hatte das funktioniert.

1 8

Eve lag in ihrem Bett und hatte sich die Decke über den Kopf gezogen. Sie wusste nicht, was sie denken sollte. In ihrem Gehirn herrschte ein einziges Chaos. Phil, der erste Junge, der ihr Herz im Sturm erobert und sie so unfassbar enttäuscht hatte, war hier. Wut löste die Verzweiflung ab, die sie eben noch empfunden hatte. Wie konnte er es wagen, einerseits hier aufzutauchen und das Arbeitszimmer ihres Schwiegervaters zu durchsuchen, als sei das völlig normal, um sie dann andererseits mit der dahingeworfenen Information, dass er ihr etwas über den Tod ihres Mannes sagen könne, auf seine Seite zu ziehen. Was war hier los und was um alles in der Welt sollte sie nun tun? Sie konnte einfach nicht glauben, dass Francis' Unfall nur inszeniert worden war – und das obendrein noch von seinem eigenen Vater. Phil musste ihr Beweise liefern. Sie konnte ihm nicht vertrauen, nicht nachdem er sie so hintergangen und enttäuscht hatte. Ihre Wut verschwand und wurde von trauriger Erinnerung abgelöst. Wie hatte er es nur fertigbringen können, sich am Strand von ihr zu verabschieden, um sich wenige Minuten später einer anderen an den Hals zu werfen? Sicher, sie hatte gehört, dass er ein Mädchenschwarm war, aber er hatte ihr nie einen Grund gegeben zu zweifeln. Deswegen verstand sie ja bis heute nicht, wie er so grausam hatte sein können. Andererseits schien er vorhin wirklich nicht gewusst zu haben, was sie meinte. Sie hatte nie den Eindruck von ihm gehabt, dass er sie bewusst angelogen hatte, das musste sie ihm zugutehalten.

Eve drehte sich verzweifelt von einer Seite auf die andere. Sie wusste einfach nicht mehr, was sie glauben sollte. Himmel, das wurde alles immer verworrener. Hatte sie sich vielleicht nur in etwas hineingesteigert? Diese Frage hatte sie sich in den letzten Jahren in der Tat einige Male gestellt. Doch dann war Francis in ihr Leben getreten und Phils Rolle verblasste. Nun aber war ihr Mann tot und Phil hier in diesem Schloss.

Eve setzte sich auf und warf die Bettdecke davon. Gerade als sie aufstehen wollte, um Phil zu suchen, bemerkte sie ein Foto auf der Kommode. Ein Zettel klebte daran. Sie runzelte die Stirn und stand auf. Das hatte vorhin definitiv noch nicht dort gestanden. Sie ging hinüber, knipste die Lampe an, die neben dem Möbelstück stand und griff nach dem Foto. Es war ein altes Bild, das schon einige Male geknickt und viel berührt worden war. Trotzdem waren zwei Menschen klar zu erkennen. Phil, der den Arm um genau das Mädchen legte, das sie an diesem Sommertag in seinen Armen gesehen hatte. Sie spürte, wie Eifersucht in ihr hochkochte. Da fiel ihr Blick auf den Zettel: *Bitte zerreiß es nicht, ich habe nur die-*

ses Foto. Es zeigt meine Schwester und mich. Sie fiel mir an diesem Tag weinend in die Arme, als ich vom Strand zurückkam, weil wir in diesem Augenblick vom Tod unserer Eltern erfahren hatten.

Eve griff erneut nach dem Foto, um es zu betrachten, doch Tränen verschleierten ihren Blick. Sie weinte, bestürzt über ihre eigene Herzlosigkeit, über die Treulosigkeit, die sie ihm vorgeworfen hatte. Sie weinte um ihn, um ihren verstorbenen Mann und am Ende auch um sich selbst, weil ihr klar wurde, wie viele falsche Gedanken und wie viel Wut sie in den vergangenen Jahren mit sich herumgeschleppt hatte.

Phil eilte den Flur hinunter, der von Eves Zimmer wegführte. Er hatte gehofft, dass Eve schon schlief. Daher hatte er sich erst eine gute Stunde, nachdem sie sich an der Eiche getroffen hatten, in ihr Zimmer geschlichen. Dann aber lag sie weinend, völlig unter der Bettdecke verkrochen, im Bett. Es hatte ihm tief ins Herz geschnitten, sie so haltlos weinen zu hören. Phil hatte all seine Beherrschung zusammenkratzen müssen, um das Foto nur rasch auf eine Kommode zu stellen und dann wieder zu gehen. Es war nicht an ihm, sie zu trösten. Eve hatte klargemacht, wie wenig sie von ihm hielt. Ob das Foto etwas an ihrer Haltung änderte, konnte Phil nicht sagen. Obwohl er es hoffte.

Angespannt bog er um die Ecke und lief Fred direkt in die Arme. Fred gab ihm zu verstehen, dass er ihm folgen sollte. Durch den Flur gingen sie hinaus in die Nacht. Weit unterhalb des Schlosses zog Fred ihn unter eine halbhohe Kiefer, die ihnen leidlich Schutz bot. Der Regen hatte zwar aufgehört, doch der Wind war kalt.

„Ich hab dich gesucht, muss mit dir reden." Fred klang so aufgewühlt, dass Phil irritiert den Kopf hob.

Die Nacht war stockfinster und doch erkannte Phil, dass Fred ihn direkt ansah. „Was ist los?"

„Carley hat mich eingeweiht!"

Der Satz hatte eine Wirkung, die ein Blitzeinschlag in den Baum direkt neben ihnen nicht hätte übertreffen können. Seine eigenen Sorgen waren wie weggeblasen. Fassungslos starrte Phil seinen ehemaligen Ausbilder an. „Bericht!", brachte er heiser hervor.

„Dass ich den Befehl mal von dir höre und dann auch noch befolge, hätte ich nie gedacht." Freds Stimme klang brüchig, als er für Phil die Ereignisse zusammenfasste.

„Carley nahm mich zur Seite. Er lobte meine Zuverlässigkeit, nannte meine Loyalität eines der letzten hohen Güter. Dann sagte er, dass er mich für meine Tätigkeit und meine Unterstützung gerne so entlohnen möchte, wie ich es verdient habe. Entlohnen nennt er das." Fred fluchte leise vor sich hin. „Dann schenkte er mir in aller Ruhe reinen Wein ein. Er erzählte mir, dass er schon vor gut dreißig Jahren durch Zufall die Möglichkeit erkannt habe, mit den Warenlieferungen für die Hotels weitere Güter ins Land zu bringen. Erst waren es nur Luxusartikel, die in den entsprechenden Ländern schwer zu bekommen waren oder einem Einfuhrverbot unterlagen. Irgendwann habe es sich ergeben, dass er Waffen und Munition schmuggelte. Erst nur in kleinen Mengen. Als er merkte, wie einfach und lukrativ die Schmuggeleien waren, wie groß sein Profit, dehnte er sein Geschäft immer weiter aus."

„Und die Hotels dienen als Annahmestelle für die Bestellungen, Warenlager und Umschlagplatz."

Fred sah ihn erstaunt an.

„Das wisst ihr?" Phil machte eine bestätigende Handbewegung und Fred fuhr fort: „Carley gab an, mir als Anerkennung meiner Leistungen seit Längerem immer wieder größere Beträge überwiesen zu haben. Glaub es mir oder nicht, ich habe das bisher nicht gemerkt. Ich schaue nicht täglich auf meinen Kontostand."

Verzweifelt fuhr Fred sich mit beiden Händen übers Gesicht. „Ich weiß, wie das aussieht, aber du kennst mich!"

Phil winkte ab. „Erzähl weiter!"

„Carley sagte, dass er mir heute erneut Geld überwiesen hat, das er mir für meine Unterstützung zukommen lassen möchte. Er hatte die Überweisung noch offen und zeigte mir den Betrag am Bildschirm. Eine weitere Zahlung ist für übermorgen angewiesen worden, im zweistelligen Millionenbereich. Heute Abend gebe es Verhandlungen über einen immensen Waffendeal, der so gut wie unter Dach und Fach sei. Damit sei seine Position, die seit geraumer Zeit von einem Konkurrenten angegriffen werde, wieder unanfechtbar, und genau das wolle er dieses Wochenende seinen Gästen klarmachen. Es stehe eine Demonstration der neuesten Drohnengeneration an."

„Was ist deine Aufgabe?"

„Seine Sicherheit zu garantieren."

„Was hast du ihm geantwortet?"

„Ich fragte ihn, ob er denkt, er könne mich kaufen. Er grinste und sagte, er wüsste, dass ich nicht käuflich sei. Er zahle lediglich für gute Dienstleistungen, die er auch weiterhin in Anspruch nehmen wolle."

„Und das hat er als Antwort hingenommen?"

Fred nickte. „Das hat er. Offenbar ist er sich meiner sicher."

„Wo ist der Lord jetzt?"

„Zu Bett gegangen. Das habe ich überprüft, bevor ich dich gesucht habe."

Phil ließ sich trotz des nassen Bodens unter dem Baum nieder. Er fühlte sich von der Informationsflut der letzten Stunden überrollt. Erst die Sache mit Eve und nun die Ereignisse rund um Fred. Obwohl das Chaos mit jeder Sekunde größer wurde, fühlte er sich, was die Sache mit Fred betraf, mit einem Mal sehr erleichtert. So aufgelöst, wie dieser gerade reagierte, war er in seinen Augen unschuldig.

Fred fuhr ihn ungeduldig an: „Hast du zu der ganzen Angelegenheit vielleicht auch mal was zu sagen, Youngster? Ich stecke bis zum Hals in der Scheiße! Weißt du, wie das alles aussieht? Als ob ich mit drinhängen würde. Der Kerl überweist mir seit Monaten Geld und ich Trottel habe das nicht bemerkt. Wenn ich das den Ermittlungsbehörden weismachen will, lachen die sich doch kaputt. So wie er das alles gedreht hat, glaubt mir kein Mensch mehr, dass ich unschuldig bin. Das Geld ist auf meinem Konto und damit hänge ich mit drin! Verdammt, Phil, da komme ich nicht mehr raus!"

Phil konnte nicht anders, als zu grinsen. Wenigstens ein riesiger Teil der Belastung, die er in den letzten Tagen gespürt hatte, war von ihm abgefallen. Zugegeben, der Anschiss, der ihm gleich blühte, wenn er Fred reinen Wein einschenkte, war nicht gerade etwas, worauf er sich freute, aber die Erleichterung, dass er sich in Fred nicht geirrt hatte, überwog. Auch wenn es für Außenstehende noch immer so aussehen konnte, als ob Fred ihn mit diesem Geständnis nur in Sicherheit wiegen wollte, aber er kannte seinen Freund und war nach diesem Ausbruch von dessen Unschuld überzeugt. Ein Blick in Freds Gesicht zeigte ihm, dass dieser kurz davor war, ihn anzubrüllen. Betont ruhig erklärte Phil ihm, dass der MI5 ihn und das Team angeheuert hatte, um sowohl die Übergabe der Waffenlieferung im Iran zu verhindern als auch den Waffendealer zu überführen. Ebenso erzählte er, dass Ed als Unterstützung mit in Schottland war.

„Die Ermittlungsbehörden sind dir übrigens bereits auf der Spur. Der MI5 hat dich im Visier. Im Gegensatz zu dir sind denen die hohen Summen aufgefallen, die der Lord dir überwiesen hat. Einer der Geldbeträge kam über ein Konto, das der Geheimdienst schon länger überwacht. Für dieses Konto, das eindeutig Lord Carley zuzuordnen ist, gab es wohl Indizien, die dafür sprachen, dass Finanztransaktionen, die im Zusammenhang mit diversen Waffenlieferungen standen, darüber abgewickelt wurden."

Fred schwieg. Der erwartete Anpfiff blieb aus. Regen setzte ein, doch weder Fred noch Phil machten Anstalten, sich unterzustellen oder zurückzugehen. Die nächtliche Kälte drang durch Phils Pullover. Er hatte keine Gelegenheit gehabt, sich eine Jacke zu nehmen, als Fred ihn nach draußen befördert hatte. Der machte plötzlich einen Schritt zur Seite und wandte sich leicht von ihm ab. „Du dachtest, ich stecke mit drin."

Phil ging auf ihn zu. „Nein, das habe ich nicht geglaubt. Deshalb haben wir es so drehen können, dass ich vom MI5 undercover eingesetzt wurde."

Das stimmte zwar nicht ganz, war aber die bessere Erklärung. Doch offensichtlich nicht für Fred. Der riss ihn herum.

„Lüg mich nicht an." Freds Stimme klang leise, eher enttäuscht als wütend.

„Ich habe mich auf diese Mission eingelassen, um deine Unschuld zu beweisen, Fred!" Phil schwieg und fuhr dann leise fort: „Aber ich gebe zu, dass ich mir zwischendurch nicht mehr sicher war. Ich wollte, dass du unschuldig bist, doch die Indizien sprachen eine andere Sprache. Und als ich dich dann in der ersten Nacht, als auf mich geschossen wurde, gesehen habe ..."

Fred atmete scharf ein. „Auf dich wurde geschossen? Phil, was um Himmels willen soll ich damit zu tun haben?" Fred klang ehrlich entsetzt.

„Am ersten Abend, als ich dir sagte, dass ich direkt zu Bett gehe, habe ich mich im Haus umgesehen. Ich sah dich, wie du in Carleys Arbeitszimmer warst.“

„Dann war doch jemand auf dem Balkon! Verflixt, ich hatte so ein Gefühl.“

„Ja, das war ich, dein Instinkt hat dich nicht im Stich gelassen.“ Phil grinste in die Dunkelheit, doch dann wurde er ernst. „Als ich mich danach draußen auf dem Grundstück umgesehen habe, standest du die ganze Zeit am Fenster in deinem Zimmer. Kurz darauf wurde vom Schloss aus auf mich geschossen, ein zweiter Schütze befand sich im Wald. Danach hatte mich die Selbstschussanlage am Rand des Grundstücks im Visier.“

„Du liebe Zeit, davon weiß ich nichts.“ Freds Stimme wurde heiser. „Warum hast du mich nicht informiert?“

Phil überging Freds Frage. „Wo bist du hin, nachdem du im Arbeitszimmer warst?“

„Ich bin direkt zu Bett gegangen. Der Lord persönlich hat mich in dieser Nacht geweckt. Er sagte, es habe sich ein Unbekannter auf dem Grundstück herumgetrieben. Er wollte direkt, dass wir dein Zimmer kontrollieren. Ich fand es seltsam, aber er bestand darauf. Er sagte, es gehe um die Sicherheit auf dem Anwesen, vor allem wegen der Gäste, die er erwartet. Ich gab nach und warf einen Blick in dein Zimmer – du lagst im Bett und hast fest geschlafen – so zumindest mein Eindruck in dieser Nacht. Himmel, wenn ich geahnt hätte ...“ Fred sah ihn ratlos an. Dann fiel ihm etwas ein: „Wie zum

Teufel kommst du eigentlich darauf, dass ich am Fenster stand?"

Phil schnaubte auf. „Weil ich dich in deinem Zimmer gesehen habe, Fred. Was soll die Frage? Eine Person, zweiter Stock, drittes Fenster von links. Dein Zimmer, sagte mir der Butler. Wer außer dir soll es sonst gewesen sein?"

„Meine Räumlichkeiten liegen im Erdgeschoss, vorne in Richtung Einfahrt."

Schweigen breitete sich aus. Fred war es, der es zuerste durchbrach. „Der Butler sagte dir, dass dort mein Zimmer sei?"

„Ja."

Fred fluchte. „Das Zimmer, das du meinst, ist das des Butlers."

„Was weißt du über ihn?"

„Er diente bei den Royal Marines, bis er wegen einer Verletzung aus dem aktiven Dienst ausschied. Danach hat er eine Butlerausbildung gemacht, aber mehr weiß ich nicht über ihn. Ist ein verschwiegener Typ. Es könnte sein, dass er einer der Schützen war."

Phil nickte. „Ich gehe davon aus. Wenn Lord Carley nicht persönlich auf mich geschossen hat, gibt es mindestens eine weitere Person hier, die involviert ist. Ich kann mir nicht vorstellen, dass der Lord vollkommen ohne Rückendeckung agiert."

„Die Sicherheitskameras waren ausgefallen. Deswegen wurde ich in der Nacht hinzugezogen, und weil es einen verdeckten Alarm am Rande des Grundstücks gab." Fred hielt inne.

„Was den Butler betrifft, so kann ich relativ schnell herausbekommen, ob er beteiligt ist. Wie ich aber an Infos über die Schießerei kommen kann, weiß ich im Moment nicht."

In Freds Stimme schwang eine Erwartungshaltung mit, doch Phil hatte keine Ahnung.

„Tut mir leid, aber im Moment fällt mir dazu absolut nichts ein." Phil rieb sich müde über die Augen. „Ich brauche ein paar Stunden, ja?"

„Dann mach dir direkt auch mal Gedanken, wie wir beweisen können, dass ich nicht mit drinstecke!"

Phil warf Fred einen genervten Blick zu.

„Ich kann mich nicht zerreißen, Fred. Gib mir etwas Zeit, um alles zu analysieren. Vielleicht macht es Sinn, dich zu verkabeln, falls der Lord erneut dir gegenüber so offen wird, aber lass mich das Risiko erst mit Ed absprechen."

„Okay. Aber das brauchst du nicht mit Ed zu besprechen, ich lasse mich morgen auf jeden Fall von dir verkabeln. Das Equipment habt ihr dabei, oder?"

Er hielt so lange Blickkontakt zu Phil, bis dieser zustimmend nachgab.

„Dann machen wir uns morgen weiter Gedanken. Lass uns zurückgehen, damit du deinen Schlaf bekommst. Wir besprechen uns vor dem Frühstück. Geh um sechs Uhr eine Runde joggen, ich passe dich ab, Youngster."

Einige Stunden später hatte sich das Team planmäßig verteilt. Alec und Tom, die das Einbrechen der Dunkelheit abwarteten, hatten sich ans Ufer des Flusses Sefid gesetzt. Direkt unterhalb der Gahzian Brücke war ein kleiner Schilfgürtel, der ihnen einen halbwegs geschützten Blick auf den Teil des Hafenbeckens bot, in dem hoffentlich das erwartete Schiff anlegte. Das Wetter sollte sich in den nächsten Stunden massiv verschlechtern, sodass sie die Gerüchte aufgeschnappt hatten, dass die Schiffe, die erst für den nächsten Tag erwartet wurden, eventuell doch schon heute Abend oder in der Nacht anlegen sollten.

Stundenlang harrten sie aus, halb vom Schilf, halb von der Brücke verborgen. Der Verkehr ließ etwas nach und auch in der sonst so belebten Gegend um sie herum wurde es ruhiger. Bisher war kein passendes Schiff aufgetaucht, doch im Hafenbereich gegenüber warteten seit der letzten Stunde einige Arbeiter auf das Eintreffen von Schiffen und Booten. Tom drehte unauffällig den Oberkörper von links nach rechts. Der Wind war deutlich stärker geworden, erste Wolken ballten sich am

Himmel zusammen. Der harte Untergrund war nicht sonderlich bequem und das stundenlange Warten hatte seine Muskeln zusätzlich verspannt. Alec warf ihm einen spöttischen Blick zu. Er selbst saß kaum bequemer, hatte aber als Scharfschütze lernen müssen, auch unter widrigsten Umständen regungslos zu bleiben.

Tom musterte ihn von oben bis unten. „Das ist freaky, nur dass du es weißt. Du hast es genauso unbequem wie ich und sitzt im Gegensatz zu mir auch noch im Wind. Warum zum Henker bewegst du dich nicht wenigstens ein bisschen? Uns sieht doch hier keiner."

Alec grinste ihn an. „Und genau so soll es auch bleiben. Dich bringt doch sonst nichts aus der Ruhe, was ist los?"

„Ich vertraue Latif nach all den Jahren. Trotzdem habe ich ein komisches Gefühl, was seinen Neffen betrifft. Kein absolut ungutes, aber das Bild ist nicht rund. Ich kann trotz aller Argumente einfach nicht nachvollziehen, warum er uns sehen wollte."

„Wir haben keinerlei Anhaltspunkte dafür, dass er es nicht aufrichtig und ehrlich meint. Vielleicht wollte er einfach sehen, wem er die Informationen gibt. Schließlich sind die Infos, die er uns geliefert hat, so detailliert, dass er und seine Familie in Teufels Küche kommen, wenn jemand herausfindet, dass er unser Informant ist."

Tom nickte. „Du hast sicher recht."

„Ich kontaktiere Jo und Luke, dass sie uns hier unterstützen." Alec sah, wie Tom deutlich entspannter nickte. Auch wenn er nach wie vor Vertrauen in Latif und dessen Neffen hatte – ein Backup schadete nicht, und er vertraute den Instinkten seiner Männer.

Es war kurz vor Mitternacht, als Alec beschloss, Luke und Jo die Wache zu überlassen. Er griff nach seinem Rucksack und stand auf. Mittlerweile fror nicht nur Tom. Auch er sehnte sich nach einer Pause, etwas Warmem zu essen und zu trinken. Gerade als die beiden sich auf den Weg machen wollten, tauchten in der Hafeneinfahrt eine Reihe kleinerer Schiffe auf. Mit einem Fluch auf den Lippen kehrten sie um. „War ja klar, dass die ausgerechnet jetzt hier aufkreuzen." Tom rieb sich die kalten Hände und setzte sich wieder auf denselben Platz wie vorher.

„Sagen wir doch einfach, das Warten hat sich ausgezahlt." Alec holte ein Fernglas aus seinem Rucksack und beobachtete die Ankunft der Trawler. Ein Fangboot nach dem anderen ging an der Mole in Position. Bei vielen wurde die Ladung von Bord gebracht, einige wenige schienen ohne Fracht angelegt zu haben.

„Siehst du den hinten links? Der Vorletzte in der Reihe." Jo ließ sein Fernglas sinken. „Ich könnte wetten, das ist das entsprechende Boot. Was hältst du davon, wenn wir rübersprinten und du nach Arbeit für uns fragst? Ich habe zwei Kurtas dabei." Jo griff nach seinem Rucksack. Wie immer war er auf jede Eventualität vorbereitet.

„Du bleibst hier, Tom und mich kennen die Typen, schließlich haben wir heute Morgen schon nach Arbeit gefragt." Er stand auf, zog sich die Kurta über und schlang ein langes Tuch um seinen Hals. Tom folgte seinem Beispiel. Nachdem sie überprüft hatten, dass sie keiner sehen konnte, kletterten sie aus dem Schutz der Brücke nach oben. Im Laufschritt legten sie die ersten Meter zurück und gingen dann zügig weiter. Nach ein paar Minuten erreichten sie die Seite des Hafens, auf der die Schiffe angelegt hatten.

Jo und Luke konnten von der anderen Seite des Hafenbeckens beobachten, wie Alec und Tom mit einigen Männern palaverten. Es ging hin und her, doch bald schienen sie sich geeinigt zu haben. Gestenreich wurden sie offenbar in die Arbeit eingewiesen. Wenig später trugen Tom und Alec Wannen und Kisten aus einem der Schiffe. Die nächste Stunde waren sie mit dem Entladen des Kahns beschäftigt.

Während die beiden eine Ladung Fisch nach der anderen ausluden, kam ein weiteres Schiff den Fluss hoch bis an die Mole.

„Luke, sieh dir den verdammten Kahn an! Er entspricht genau der Beschreibung." Jo griff nach dem Nachtsichtgerät. Ein altes Fischerboot mit wenig Tiefgang legte auf dem angekündigten Liegeplatz an. Er erkannte zwei Männer, die von Bord auf die Mole sprangen. Sie griffen nach einigen Seilen und vertäuten den Trawler. Danach gingen sie zurück an Bord, nur um das Schiff wenige Minuten später wieder zu verlassen.

Luke stieß Jo an. „Alec hat die beiden bemerkt, er folgt ihnen. Er ist nah genug. Ich bin sicher, er kann hören, was gesagt wird."

Sie beobachteten, wie Alec wenig später zu Tom zurückkehrte. Kurz darauf meldete Jos Handy mit einem Vibrieren den Eingang einer Nachricht.

‚Ablegen im Morgengrauen. Kommt alle und bringt die Geschenke mit!'

Luke nickte, als er die Nachricht gemeinsam mit Jo las. „Bleib du hier, ich hole die anderen und den Sprengstoff."

Er gab Jo einen Klaps auf die Schulter und verschwand lautlos in der Dunkelheit. Jo griff erneut nach dem Fernglas und behielt Alec und Tom sowie den Trawler im Auge.

Nach dem Entladen des einen Schiffs schien es keine weitere Arbeit mehr zu geben. Nachdem sie ihren Lohn erhalten hatten, machten sich Alec und Tom auf den Rückweg und kamen zeitgleich mit Luke, Cal und David wieder bei Jo an.

Der konnte sich einen bissigen Kommentar nicht verkneifen. „Wir sollten euch hierlassen. Ihr stinkt drei Meilen gegen den Wind nach Fisch. Himmel noch mal, habt ihr in dem Zeug gebadet?"

Alec, der gerade seinen Rucksack in der Hand hielt, rammte ihn Jo mit Wucht in den Magen. „Hast du was gesagt?"

Jo stellte stöhnend den Rucksack ab. „Nein, nicht im Geringsten."

„Gut, dann können wir jetzt hoffentlich anfangen. Wir gehen vor, wie besprochen. Schnappt euch den Sprengstoff und die Zeitzünder. Tom und ich gehen direkt aufs Boot, Cal und David schwimmen durch den Fluss ins Hafenbecken und bringen die Sprengsätze an der Außenwand an. Jo und Luke, ihr sichert uns ab."

Sie checkten ihre Waffen und machten sie sich auf den Weg.

Alec warf einen Blick auf das Display seines Smartphones. Dank neuester Technikspielereien bekam er ein Satellitenwärmebild in Echtzeit angezeigt. Lautlos verharrten Tom und er hinter einigen Frachtgutstücken, bis die beiden Hafenmitarbeiter, die regelmäßig ihre Runde drehten, an ihnen vorbei waren. Glücklicherweise waren die großen Scheinwerfer, die während des Entladens der Schiffe den gesamten Bereich in helles Licht getaucht hatten, mittlerweile einer sparsamen Dämmerbeleuchtung gewichen. Alec behielt die Wärmesignatur der beiden Männer im Blick, während er parallel über Headset das vereinbarte Signal von David und Cal erhielt – ein doppeltes Klicken. Die beiden waren ein Stück weit entfernt ins Hafenbecken gestiegen und hatten die abgesprochene Position am Schiffsrumpf schwimmend erreicht.

Nach einem raschen Rundumblick nickte Alec Tom zu. An der Vorderseite des Kutters lag ein breites Brett, über das sie vom Kai aus auf das Hauptdeck gelangten. Sie liefen am Steuerhaus entlang in Richtung Heck des Schiffes, vorbei an Taurollen und leeren gestapelten Kisten, in denen sonst die Fische zwischengelagert wurden. Eine Treppe führte zu einer halbhohen Lukentür. Während Alec die Umgebung im Auge behielt, holte Tom ein Dietrich-Set aus seiner Weste. Er kniete sich neben den Einstieg und hatte nur Sekunden später das Schloss geknackt.

In dem Wissen, dass Luke und Jo ihre Absicherung übernahmen, stiegen Alec und Tom ins Innere des Schiffes hinab, während Cal und David irgendwo unter ihnen im Wasser an der Schiffswand arbeiteten.

Die Treppe zum Hauptmaschinenraum war eng und steil. Es roch stark nach Diesel und irritierenderweise auch nach Abgasen. Alec wollte nicht wissen, wie sicher es war, mit diesem alten Kahn regelmäßig über das Meer zu schippern. Überall waren rostige und mehrfach reparierte Stellen zu sehen. Das würde ihnen die Arbeit erleichtern. Rasch holten sie die vorbereiteten Sprengladungen heraus und platzierten sie. Beide arbeiteten konzentriert, als Jos Stimme durch Alecs Headset ertönte.

„Zwei Männer nähern sich dem Schiff, sehen aus wie die beiden Hafenwächter. Sie gestikulieren heftig. Ich glaube, die wollen aufs Schiff.“

„Verdammt, wir brauchen noch mindestens vier Minuten.“

„Zu spät“, klang es über Headset. „Die beiden gehen gerade an Bord. Ich habe freies Schussfeld, Alec!“

„Negativ! Das würde uns sofort verraten. Wir versuchen, ihnen auszuweichen.“

„Dafür ist zu spät, bleibt, wo ihr seid!" Davids Stimme klang etwas atemlos und ein leises Plätschern verriet, dass er gerade aufgetaucht war. „Ich habe eine Idee, wenn die nicht funktioniert, könnt ihr sie immer noch ausschalten!"

Nach kurzem Zögern bestätigte Alec. Jetzt hieß es abwarten.

David war gerade dabei gewesen, gemeinsam mit Cal an der Außenwand des Schiffes die Sprengladungen zu platzieren, als er Stimmen von der anderen Seite des Trawlers vernahm. Zwei Hafenmitarbeiter leuchteten mit ihren Taschenlampen auf das Deck und sprachen aufgeregt miteinander. Davids Farsi war nicht besonders gut, aber das Wesentliche bekam er mit: Die beiden Kerle interessierten sich auffallend für das Schiff. Schritte auf der hölzernen Planke, die an Deck führte, ließen ihnen keinen Spielraum mehr.

„Verdammt, Cal, die beiden Kerle gehen aufs Schiff." David sah sich rasch um. Es war niemand in ihrer Nähe. Hastig zog er die Flossen aus, riss sich die Maske vom Kopf und schaltete sein Mikrofon aus. „Übernimm du meine Ausrüstung, Cal. Ich bin hoffentlich gleich zurück."

Er drückte ihm sein Equipment und den Beutel mit den Sprengladungen in die Hand.

Cal griff zu. „Ich hoffe, du weißt, was du tust!"

„Denk an Tel Aviv!"

Mit einem Grinsen ließ er Cal zurück und kletterte so schnell wie möglich die Ankerkette hinauf. Die Kettenglieder waren nicht zum Hochklettern geeignet und er rutschte immer wieder ab. Als er endlich die Reling erreicht hatte, konnte er gerade noch an Bord klettern, bevor die beiden Hafenmitarbeiter sich seiner Position näherten. David fluchte innerlich. Seine Kleidung war klatschnass und er würde deutlich sichtbare Spuren hinterlassen, wenn er sich bewegte. Er musste ohne Umwege in die Kajüte kommen, nur dann hatten Alec und Tom eine Chance. Die beiden Männer kamen bis auf wenige Schritte an ihn heran, dann aber drehten sie um. Ein Geräusch am Heck des Schiffes nahm ihre Aufmerksamkeit in Anspruch.

So schnell er konnte, zog er seinen nassen Kampfanzug aus. Sie hatten sich für minimale Ausrüstung entschieden und keinen Neoprenanzug benutzt, das kam ihm jetzt zugute. Die beiden Hafenarbeiter waren noch am Steuerhaus. David klemmte sich seine Sachen unter den Arm, rannte nur in Boxershorts zur Kajüte und die Treppe hinab. Er ahnte, dass Jo und Cal ihn im Visier hatten, während er halb nackt über das Deck rannte. Sicherlich würde er sich einiges zu seinem Auftritt anhören müssen. Allerdings tat er das gerne, wenn er diesen erfolgreich gemeistert hatte. Doch dafür musste er sich beeilen. Er hörte die Stimmen der Männer näher kommen, als er die Kabine erreichte. Der Raum war unordentlich und chaotisch. Überall lagen Klamotten, altes Geschirr stapelte sich auf dem Boden und eine Tüte, die offenbar den Mülleimer ersetzen sollte, quoll über. David warf seine eigene Kleidung hinter die Tür und schnappte sich ein altes Handtuch. Rasch rieb er seine nassen Haare damit ab und wickelte es sich um die Hüfte. Ein eilig übergestreiftes Unterhemd, über dessen Dreckspuren er sich keine Gedanken machen wollte, und eine halb volle Wodkaflasche vervollständigten seinen Look. In der Koje lag ein Wirrwarr aus Decken und Kissen. Perfekt. Rasch ordnete er diese so an, dass es wirkte, als ob eine weitere Person dort lag und schlief. Er schaltete eine kleine Lampe an, kippte sich rasch einen Schluck aus der Wodkaflasche über das Unterhemd und trat mit lautem Getöse aus der Kajüte. Sein Farsi war nicht gut genug, aber da das Schiff unter russischer Flagge fuhr, hoffte er, mit ein paar Brocken Russisch zu überzeugen. Und in einem vermeintlich betrunkenen Zustand wurden von ihm hoffentlich keine Vorträge erwartet. Die beiden Männer, die der Lautstärke ihrer Stimmen nach bereits am oder im Maschinenraum gewesen waren, kamen näher. Mit einem lauten Ruf trat David ihnen entgegen.

Alec atmete lautlos durch, als er den lauten Ruf von David vernahm. Der Schein der Taschenlampe des Hafenmitarbeiters, der nur wenige Zentimeter an seinem Kopf vorbeileuchtete, verschwand und drehte in Richtung Treppe ab. Das war Rettung in letzter Sekunde. Tom und er waren kurz davor gewesen aufzufliegen, doch nun verließen die beiden Mitarbeiter den Maschinenraum. Obwohl Alec nicht wusste, was genau David vorhatte, konzentrierten Tom und er sich sofort wieder auf ihren Job. So schnell wie möglich brachten sie die beiden fehlenden Sprengladungen an, während David oben für Ablenkung sorgte.

Mit der Wodkaflasche in der Hand torkelte David grölend und polternd den schmalen Gang entlang. Als er die Hafenmitarbeiter aus dem Maschinenraum kommen sah, winkte er ihnen zu. Mit einer Mischung aus Russisch und ein paar Brocken Farsi sprach er sie an.

„Hey, was soll das werden? Waren wir zu laut?" Er nahm lallend einen Schluck aus der Flasche und rückte sich dann demonstrativ das Handtuch um seine Hüfte zurecht. „Kommt schon, verratet mich nicht. Mein Kumpel weiß, dass ich hier bin ... ihr versteht ... ein bisschen Abwechslung ..." David hoffte, dass er mit den vom Wasser feuchten Haaren und seiner Aufmachung in irgendeiner Form dem Out-of-Bed-Look nahekam und die Kerle das als „direkt aus den Armen einer Frau gefallen" interpretieren würden. Offensichtlich war ihm der Look gelungen. Die beiden Mitarbeiter grinsten sich an und ließen eine zotige Bemerkung in seine Richtung los. David konnte nur ahnen, was sie sagten, aber anscheinend bedurfte das nicht viel Interpretationsspielraum. Mit eindeutigen Gesten in seine Richtung, auf die er nur mit einem unverständlichen Lallen und einem Lachen reagieren musste, machten sich die Mitarbeiter auf den Rückweg und gingen von Bord. Sobald sie das

Schiff verlassen hatten, verstummte Davids Lachen und er ließ sich aufatmend an der Wand hinabsinken.

Wenig später kündigte Alec sein Kommen mit einem leisen Pfiff an. Tom folgte ihm. Kopfschüttelnd blieb Tom vor David stehen. Doch er verkniff sich einen Kommentar und streckte ihm die Hand entgegen. David ließ sich hochziehen.

„Verdammt guter Job, David!" Tom grinste ihn anerkennend an.

Alec informierte über Headset die anderen und schlug David lobend auf die Schulter. „Reife Leistung, das hat uns den Hintern gerettet." Dann schnüffelte er übertrieben laut in Davids Richtung und musterte ihn langsam von oben nach unten. „Ich will ja nicht meckern, aber dass du den Rückweg schwimmend antrittst, ist mehr als notwendig, mein Freund!"

Tom verschluckte sich fast vor Lachen, als er Davids Blick sah.

„Keine Sorge, dem Ganzen schieb ich auch noch eine lange, heiße Dusche hinterher, glaub mir." Erst jetzt registrierte David, in welch widerliche Klamotten er sich selbst gesteckt hatte. Er drückte Alec die Wodkaflasche in die Hand und stapfte in die Kabine, wo er sich schnellstmöglich auszog und in seine eigenen klatschnassen Sachen quälte. Sein Plan hatte funktioniert und das war die Hauptsache. Wobei er inständig hoffte, dass er sämtliche stinkenden Überreste seiner Verkleidung durch eine heiße Dusche beseitigen konnte, bevor sie sich auf den Rückweg machen mussten.

Wenig später trafen die Männer bei Luke und Jo ein, die ihre Aktion von der Stelle im Schilf aus beobachtet hatten. Jo begrüßte sie mit einem tiefen Seufzer. „Mann, das hätte verdammt schiefgehen können."

„Wäre es, wenn David nicht so erfolgreich den betrunkenen Seemann gegeben hätte", stimmte Alec zu. Er warf einen Blick in Richtung des Schiffes, das verlassen und unberührt schien. Das Wetter hatte sich massiv verschlechtert. Der Wind wehte stürmisch und die Wellen im Hafenbecken wurden deutlich höher. Nun hieß es warten, bis die Waffenlieferung an Bord gebracht wurde, denn bis jetzt war von dieser noch keine Spur zu sehen. Dass sie sich nicht bereits an Bord befand, hatten Tom und er überprüft.

Jo und er hielten die Stellung und behielten das Schiff im Auge, während die anderen sich auf den Rückweg in ihren Unterschlupf machten.

Um fünf Uhr morgens war es so weit. Ein unscheinbarer Lastwagen hielt neben dem Frachter. Vier Männer sprangen heraus, luden eilig fünf große Metallkisten von der Ladefläche ab und verstauten sie zügig unter Deck. Erstaunlicherweise waren die beiden Hafenarbeiter von vorhin weit und breit nicht zu sehen. So viel dazu, dass diese mindestens geschmiert worden sein mussten, um genau jetzt wegzuschauen. Während Jo das Schiff nicht aus den Augen ließ, informierte Alec den Rest des Teams.

Konzentriert beobachteten sie die erstaunlich schnelle Abwicklung. Keine zehn Minuten vergingen und der Lastwagen verließ das Hafengelände. Kaum waren die Rücklichter außer Sicht, erschienen gefühlt aus dem Nichts drei Männer. Sie lösten die Leinen und starteten den Motor des Kahns, den sie ohne Positionslichter und im Dunkeln aus dem Hafen schipperten. Dank des GPS-Senders, den das Team am Rumpf angebracht hatte, konnten sie die Fahrt auf ihren Tablet-PCs verfolgen.

„Bei dem Wetter werden sie langsamer vorankommen als geplant. Vermutlich werden sie erst in dreieinhalb, eher vier Stunden eine der tiefen Stellen passieren", sagte Jo.

Wie vereinbart gaben sie nun ihren Beobachtungsposten auf und trafen sich mit den anderen.

Als sie ihren Unterschlupf erreicht hatten, griff Alec zu seinem Handy. Es war riskant, Phil anzurufen. Doch einerseits wollte er seinen Stellvertreter persönlich über den Stand ihrer Mission informieren und ihn andererseits als Freund fragen, wie sich die Sache in Schottland entwickelte. Da es dort gerade erst halb drei Uhr morgens war, sollte sich das Risiko in Grenzen halten.

Zu Alecs Überraschung nahm Phil direkt ab. „Hey, alles in Ordnung? Du klingst nicht, als hätte ich dich geweckt."

„Hast du auch nicht." Phil stieß den Atem aus und brachte Alec auf den neuesten Stand, während der in das kleine Badezimmer in ihrer Unterkunft ging.

„Wie hat Fred reagiert?“

„Relativ neutral, was der Lord aber wohl als Zustimmung interpretiert hat. Nach außen hin hat Fred ja auch keine Wahl. Das Geld auf seinem Konto, das dort seit Monaten eingegangen ist, lässt Außenstehende vermuten, dass er schon viel länger mit drinsteckt. Er war ziemlich verzweifelt, weil er Angst hat, von den Ermittlungsbehörden direkt eingebuchtet zu werden.“

Alec fuhr sich aufgebracht mit einer Hand durch die Haare, als er den Unterton in Phils Stimme wahrnahm. „Du hast ihn eingeweiht.“

Er hörte ein Seufzen durchs Telefon und erst nach einigen Sekunden äußerte sich Phil. „Ich weiß, dass es riskant ist, aber in dieser Situation musst du mir vertrauen. Fred ist ziemlich fertig, hat aber von sich aus angekündigt, uns aktiv zu unterstützen. Ich bin sicher, dass er mich nicht verraten oder hintergehen wird. Er ist keine Gefahr für meinen Auftrag. Im Gegenteil, ich glaube, dass wir durch ihn schneller an eindeutige Beweise kommen.“

„Okay. Ich vertraue deiner Einschätzung. Wie geht es weiter?“

„Ich treffe mich nachher mit Fred zum Joggen. Danach verläuft der Tag wie geplant und gegen sechzehn Uhr werden die Gäste eintreffen.“

„Haltet euch zurück, wenn es irgendwie möglich ist. Wir sind hier fertig und machen uns gleich auf den Rückweg. Wir landen um kurz nach siebzehn Uhr Ortszeit in London und fliegen sofort zu dir.“

„Ihr seid schon fertig?" Phils Stimme klang erstaunt.

„Ging zügiger als erwartet, das Wetter schlägt um und sie wollten es offensichtlich durchziehen, bevor der Sturm zu stark wird. Wir packen gerade und verschwinden gleich von hier."

„Alles klar. Passt auf euch auf."

Alec wollte schon auflegen, als Phil hinterherschob: „Danke, dass du darauf verzichtet hast, mir zu sagen, dass ich bis dahin keinen Mist bauen soll!"

Grinsend beendete Alec das Gespräch.

Eine Viertelstunde später verließen sie die Wohnung in Bandar Anzali und fuhren in Richtung Südwesten. Dort, zwei gute Autostunden entfernt, lag ihr Exfiltration Point.

Kurz bevor sie ihr Ziel erreichten, parkte Luke den Wagen am Straßenrand. Es war noch früh am Morgen und die Gegend ruhig und einsam. Gleich würde das Schiff eine der tiefen Stellen im sonst eher flachen Kaspischen Meer passieren. Davids Tablet lag auf der Mittelkonsole, sodass sie sich alle die Position des Schiffes auf dem Satellitenbild ansehen konnten. Davids Finger schwebte über dem Display des Tablets, genau über der Stelle, die die Explosion auslösen würde. Ein kleiner Druck mit dem Finger auf den Touchscreen und alle vier Sprengladungen, zwei im Hauptmaschinenraum und zwei an der Außenwand des Schiffes, detonierten. Zuerst sahen sie nur eine große Rauchwolke, dann zeigte die Satellitenaufnahme, dass der Trawler bereits massive Schlagseite hatte. Er würde unaufhaltsam sinken.

„Wenn die Besatzung sich beeilt, schafft sie es noch rechtzeitig vom Schiff."

Cal kippte das Display des Tablets. „Hier, das sollten sie sein." Er deutete auf drei Wärmesignaturen, die seitlich neben dem Frachter aufgetaucht waren.

Die Männer nickten erleichtert. Keinem von ihnen wäre es leichtgefallen, drei Menschenleben zu opfern, wenn es vermeidbar war. Ob die Männer, die die Fracht fuhren, wussten, was genau sie da lieferten, oder überhaupt informiert waren, dass sie etwas transportierten, war für ihre Mission nicht relevant gewesen. Ihr Auftrag war es, die Drohnenlieferung nach Russland zu verhindern, und genau das hatten sie getan.

Phil war auf dem Weg zu einem offiziellen Sicherheits-meeting mit Fred, als Eve ihn am nächsten Morgen ansprach. „Mr Andrews, kann ich Sie einen kleinen Moment sprechen?"

Sie stand in einigem Abstand zu ihm im Türrahmen des grünen Salons. Sie sah blass aus und wirkte so unausgeschlafen, wie er sich fühlte.

Phil ging einen Schritt auf sie zu.

„Lady Carley, was kann ich für Sie tun?" Er sah, wie sie unter dieser förmlichen Anrede zusammenzuckte.

Der Butler kam mit einem Tablett voller Teetassen den Gang entlang. Eve streifte ihn mit einem Blick und straffte dann energisch die Schultern.

„Ich möchte, dass Sie mich nach Inverness fahren. Ich muss einige Dinge erledigen, möchte aber aufgrund des Jetlags nicht selbst fahren."

Phil schüttelte bedauernd den Kopf. „Tut mir leid, Lady Carley, ich muss zu einer Besprechung. Ich kann nicht sagen, ob ich danach zur Verfügung stehe."

„Ich habe es nicht eilig. Sagen Sie Mr Porter doch bitte, dass ich Sie nachher benötige."

Phil wusste vor lauter Verblüffung auf diesen arroganten, hochherrschaftlichen Befehl nichts zu sagen. Glücklicherweise drehte Eve sich in diesem Augenblick um und ging davon.

Als Phil den Besprechungsraum betrat, wartete Fred bereits auf ihn. Phil begrüßte ihn höflich, da er wusste, dass jeden Moment jemand hineinkommen konnte, und schilderte ihm dann Eves Wunsch, sie nach Inverness zu fahren. „Wenn Lady Carley es so wünscht, dann fahren Sie sie nachher nach Inverness, Andrews. Ich brauche Sie allerdings rechtzeitig zur Ankunft der Gäste zurück. Diese werden von Mitarbeitern des Gershwin Security Service am Flughafen abgeholt und am späten Nachmittag hier eintreffen."

„Selbstverständlich, Sir", antwortete Phil ebenso förmlich. Sie unterhielten sich über Belanglosigkeiten, bis der Butler in Begleitung von drei weiteren Männern den Raum betrat. Fred ging auf sie zu und begrüßte sie mit Handschlag. Dann wies er mit der Hand auf Phil.

„Darf ich vorstellen? Phil Andrews. Dies sind Bobby Wilson, Alfie Brown und Remy Holland von Gershwin Security. Sie unterstützen uns ab heute."

Er machte eine einladende Geste in Richtung des ovalen Konferenztischs. „Nehmen wir doch Platz und fangen direkt an."

Fred setzte sich an den Kopf des Tisches und holte eine Mappe mit Informationen über die eingeladenen Personen heraus. Er schaute in die Runde.

„Wir haben ab heute Nachmittag einige hochkarätige Gäste. Es sind leitende Hotelangestellte und Hotelmanager der Carley Group, die von Lord Carley zu einem Offsite auf das Schloss eingeladen wurden. Während dieses bewusst in einer lockeren Atmosphäre gehaltenen Meetings sollen neue Impulse und Konzeptideen für einige Bereiche der Hotelkette entwickelt werden. Das Ganze ist für drei Tage geplant. An den ersten beiden Tagen werden schwerpunktmäßig Besprechungen hier im Haus stattfinden, erst am letzten Tag steht ein Ausflug in die nähere Umgebung an. Eine Beizjagd mit Falken soll den Abschluss bilden."

Phil hob interessiert die Augenbrauen. In Schottland war die Falknerei mittlerweile ein Sport für jedermann. Im arabischen Raum aber, vor allem auf der arabischen Halbinsel, galt sie bis heute als königliches Vergnügen, welches allein den Herrscherfamilien vorbehalten blieb. Ein geschickter Schachzug des Lords. Denn einerseits demonstrierte er damit seine herausragende Stellung, andererseits aber ließ er seine Gäste daran teilhaben. Die Risikobewertung für die anstehenden Tage hielt sich in Grenzen, schließlich würden der Lord und seine Gäste das Schloss, beziehungsweise das Anwesen, nicht verlassen. Dennoch war eingeplant, dass sie das Grundstück rund um die Uhr im Auge behielten und regelmäßig patrouillierten.

Fred öffnete in einer Präsentation eine Karte des Anwesens. „Hier sehen Sie einige potenzielle Schwachstellen, an denen Unbefugte sich Zutritt verschaffen können. Diese behalten Sie bitte regelmäßig im Auge."

Er markierte einige Punkte auf der Karte.

„Wir haben grundsätzlich kaum Störungen zu befürchten, dafür liegt das Schloss einerseits zu weit abseits und andererseits ist der Sicherheitsstandard sehr hoch, wie Sie bereits wissen, Gentlemen. Allerdings legt Lord Carley besonderen Wert darauf, sich ohne Einschränkungen und Belästigungen von außen mit seinen Gästen bewegen zu können. Sollte sich daher jemand unbefugt dem Gelände nähern oder sich bereits auf dem Grundstück befinden, haben wir folgendes Vorgehen geplant."

Fred reichte Unterlagen herum. Phil war irritiert – nicht über das professionell ausgearbeitete Handout, sondern über die außergewöhnliche Härte, mit der man plante, unbefugtes Betreten zu ahnden.

„Für den Notfall haben wir einen Fluchtweg eingerichtet. Durch den Nebeneingang können alle Gäste in zwei bereitstehende Vans steigen und das Grundstück durch eine der Ausfahrten verlassen. Machen Sie sich mit der Umgebung bitte noch einmal vertraut, damit Sie im Falle eines Vorfalls schnell handeln können."

Phil konnte nicht anders, er musste diese Frage einfach stellen: „Sind diese Sicherheitsvorkehrungen denn wirklich nötig? Es handelt sich doch quasi um ein Teammeeting zwischen Hotelbesitzer und Mitarbeitern."

Fred kniff leicht genervt die Augen zusammen, blieb aber ruhig und sachlich, als er antwortete:

„Lord Carley ist gerne auf alle Eventualitäten vorbereitet. Und die Gäste fühlen sich einfach wohler, wenn sie wissen, dass ihnen hier die höchstmögliche Sicherheit geboten wird. Wir dürfen schließlich nicht vergessen, dass die Länder, aus denen der Besuch anreist, ein anderes alltägliches Gefahrenpotenzial mit sich bringen.“

Einer der Männer, Brown, nickte zustimmend. „Die sind einfach weniger gereizt, wenn sie sehen, dass du da bist.“ Er musterte Phil. „Wohl neu in dem Geschäft?“

Bevor Phil antworten konnte, klinkte sich Fred ein.

„Einer meiner ehemaligen Rekruten.“

Die Männer der Security-Firma nickten. „Dann machen wir es wie immer? Wir behalten das Grundstück im Auge?“

„Exakt. Im Haus werde ich als Ansprechpartner zur Verfügung stehen, das genügt. Lord Carley möchte nicht, dass sich seine Gäste bewacht fühlen.“

Fred blätterte in seinen Unterlagen, bis er die Dienstzeiten gefunden hatte.

„Brown und Andrews beginnen mit der Ankunft der Gäste, Wilson und Holland übernehmen ab Mitternacht. Um sechs Uhr morgens werden Sie abgelöst, von da an im Sechs-Stunden-Rhythmus.“

Phil stellte erleichtert fest, dass Fred ihm die Nachtschicht erspart hatte. So würde er sich in der ersten Nacht in einem Zeitraum von sechs Stunden frei bewegen können. Was ihn allerdings zunehmend irritierte, war, dass Fred allein für die Sicherheit des gesamten Schlosses zuständig war. Einer allein konnte trotz des hervorragenden Sicherheitssystems den Schutz der Besucher nicht gewährleisten. Vielmehr schien es, als sollte das Anwesen nach außen hin abgeschottet werden. Und Fred wäre der Einzige, der etwas von den Gesprächen im Haus mitbekommen könnte. Das passte zu der Tatsache, dass der Lord Fred letzte Nacht vermeintlich auf seine Seite gezogen hatte. Ein schaler Geschmack breitete sich in Phils Mund aus und er schenkte sich ein Glas Wasser ein. Während er durstig trank, betonte Fred die Wichtigkeit der Vertraulichkeit.

„Denken Sie daran, die Privatsphäre unserer Gäste hat oberste Priorität. Alles, was Sie sehen oder hören, unterliegt der Schweigepflicht."

Nach einigen weiteren Ausführungen löste sich die Runde auf. Phil versuchte Fred unauffällig zu signalisieren, dass er ihn kurz sprechen wollte, doch dieser unterhielt sich unbeirrt mit Remy Holland. Als Phil sich in die Nähe der beiden stellte, unterbrach Fred das Gespräch kurz. „Mr Andrews, lassen Sie Lady Carley doch nicht länger warten. Gute Fahrt wünsche ich Ihnen." Dann verließ er gemeinsam mit Remy Holland den Raum.

Während ihrer Joggingrunde am Morgen hatte Fred erzählt, dass er sich nicht sicher war, ob die Mitarbeiter der Security-Firma nicht zumindest zum Teil wussten, dass es bei dem Treffen auf dem Anwesen um ganz andere Dinge ging als um die Hotels und deren Zukunft. Zumindest waren sie insoweit gebrieft, dass sie ganz genau wussten, wann sie wegzuschauen hatten.

Phil wünschte, er könnte auf sein Team zurückgreifen und die Situation gemeinsam mit ihnen analysieren. Er warf einen Blick auf die Uhr. Ed hatte sich vorhin kurz gemeldet und ihm ein Dossier über Eve geschickt. Leider hatte er keinerlei Auffälligkeiten gefunden, im Gegenteil, sie hatte schon damals mit ihrem Mann sehr zurückgezogen gelebt. Seit dem Tod von Francis Carley hatte sie sich komplett abgeschottet. Somit hatte Phil keinerlei Anhaltspunkte oder gar Druckmittel. Es musste ihm gelingen, Eve auf seine Seite zu ziehen. Vielleicht hatte er gestern Nacht, als er ihr unbemerkt das Foto ins Zimmer gestellt hatte, einen ersten Schritt in die richtige Richtung getan. Er hoffte, dass das Bild ihr mehr zeigte, als alle seine Erklärungen es tun würden.

Phil atmete durch und holte seine Jacke aus seinem Zimmer. Dann machte er sich auf die Suche nach Lady Carley. Er ging die Treppe hinauf in den ersten Stock. Seine Schritte wurden vom dicken Teppichboden gedämpft. Leise klopfte er an ihre Tür. Als Eve ihm öffnete, sah er sie überrascht an. Sie schien auf ihn gewartet zu haben. In einen dicken Mantel gehüllt, ihre Tasche in der Hand, sah sie ihm entgegen. Da das Zimmermädchen anwesend war, begrüßte sie ihn förmlich.

„Es ist sehr freundlich, dass Sie sich die Zeit nehmen, Mr Andrews. Es wird nicht allzu lange dauern."

Gemeinsam gingen sie die Stufen hinunter und in die große Eingangshalle. Der Kronleuchter klirrte leise, als ein Windhauch durch die Halle strich.

Der Butler kam ihnen entgegen. „Ich habe wie gewünscht den Land Rover vorgefahren, Mylady."

Dann wandte er sich Phil zu. „Mr Porter bat mich, Ihnen zu sagen, dass Ihre Anwesenheit spätestens um sechzehn Uhr vonnöten ist."

Phil würde sich nie an diese gestelzte Ausdrucksweise gewöhnen. „Selbstverständlich. Ich werde pünktlich sein."

Als Phil mit Eve aus dem Schloss trat, empfing sie strahlender Sonnenschein. Fast machte es den Eindruck, dass sich das Wetter für die letzten verregneten Tage entschuldigen wollte.

Auf dem Weg zum Auto nahm Phil sie kurz zur Seite. „Falls du reden willst, nicht im Wagen, er könnte verwanzt sein. Bitte, Eve!" Eindringlich sah er sie an. Er konnte ihren Blick nicht deuten, dann aber nickte sie und ging zum Auto.

Nachdem sie einige Kilometer schweigend gefahren waren, bog Phil auf einen Waldweg ab. Er stieg aus und bedeutete Eve, mit ihm zu kommen. Er wartete nicht auf sie, sondern lief in Richtung Wald. Er hörte die Autotür ins Schloss fallen, gefolgt von schnellen Schritten. Etwas außer Atem erreichte ihn Eve.

„Es tut mir leid, Phil."

Schweigend sah er sie an. Das war alles? Eve schien seine Gedanken zu erraten.

„Ich weiß nicht, was ich sagen soll. Ich habe mich dir gegenüber so unfassbar falsch verhalten. Ich war so verletzt und gekränkt, habe den Gerüchten damals geglaubt, statt dir eine Chance zu geben. Es tut mir sehr leid, und ich dachte, ich wäre über all das hinweg. Aber dann standest du gestern vor mir und es hat sich so viel vermischt, dass ich vor lauter Wut und Hilflosigkeit einfach nur um mich gebissen habe.“

Phil musste trotz seiner Anspannung grinsen. „Der altbekannte Terrier.“

Auch Eve lächelte, denn so hatte sie damals ihre eigenen Wutausbrüche beschrieben.

„Es ist trotzdem keine Rechtfertigung für das, was ich gesagt habe. Ich kann leider nicht zurücknehmen, was ich dir unterstellt habe – ich kann dich nur aufrichtig bitten, dass du meine Entschuldigung annimmst. Es tut mir wirklich leid.“

Der Schmerz, der Phil plötzlich wie eine Flutwelle traf, war verdammt groß.

„Wofür genau entschuldigst du dich? Dafür, dass du mich nicht einfach gefragt hast? Dafür, dass du mir keine Chance gegeben hast, mit dir zu reden? Dass du meine Briefe nicht beantwortet hast?“ Er wandte sich ab. „Du hast mir damals den Boden unter den Füßen weggerissen. Mit einem Mal war nichts mehr da. Ich hatte innerhalb von Sekunden alles verloren. Nichts ist so geblieben, wie in dem Moment, als wir uns am Strand verabschiedet hatten. Mein ganzes Leben hatte sich verändert.“ Seine Stimme war immer leiser geworden, aber es war ihm egal, ob Eve ihn verstand. Er drehte sich zu Eve um, die ihn unverwandt ansah. Ihre braunen Haare waren vom Wind zerzaust, doch sie hielt ihre Mütze weiterhin in der Hand. Ihre Augen glänzten feucht und die Reue stand ihr ins Gesicht geschrieben. Sie schien endlich begriffen zu haben.

„Es tut mir leid, Phil, wirklich. Ich war so davon überzeugt, dass du mich betrügst, dass ich keine andere Möglichkeit in Betracht gezogen habe. Bitte nimm meine Entschuldigung an."

Sie klang so aufrichtig und ehrlich, dass er nicht anders konnte, als zu ihr zu gehen. „Danke für deine Entschuldigung, Eve."

Sie sah ihn durchdringend an. „Können wir uns wieder vertragen?" Sie klang wie ein Kind, das um Verzeihung bat. Phil konnte nicht anders, als den Mund zu einem leichten Lächeln zu verziehen.

„Ich sage es dir ehrlich, ich brauche Zeit, um das alles in Ruhe sacken zu lassen. Aber ja, wir vertragen uns."

Er sah ihr an, dass es nicht das war, was sie sich zu hören wünschte, aber mehr konnte er ihr im Moment nicht geben. Er musste sich mit so vielen anderen Dingen auseinandersetzen, dass für Zwischenmenschliches einfach kein Platz war. Die Zeit drängte und er musste sich auf seinen Auftrag konzentrieren.

„Gehen wir ein Stück?"

Sie nickte und gemeinsam liefen sie den schmalen Weg entlang. Der Wald war das, was man den Caledonian Forest nannte. Alte schottische Kiefern wuchsen rechts und links des Wegs und ragten, umgeben von verblühtem Heidekraut, bis in den Himmel. Die Luft war feucht und es roch nach einer Mischung aus Harz und Heide. Phil blieb stehen, sah hinauf in den grauen Himmel und ließ seine Gedanken schweifen. Jetzt hier mit Eve gemeinsam zu laufen, fühlte sich unwirklich und unfassbar echt zugleich an.

Seit damals ging er allen Beziehungen und ernsthaften Verabredungen aus dem Weg. Locker, ohne Gefühle und nur zum Spaß – das war genau sein Ding. Und bisher hatte ihm das genügt. Sein Job war ernst genug, er wollte wenigstens außerhalb davon keine Verpflichtungen, keine Verantwortung. Warum genau begann diese Lebensvorstellung gerade jetzt zu bröckeln? Er beobachtete, wie Eve ihn von der Seite ansah, und rief sich zur Ordnung. Er hatte keine Zeit, über sein Leben zu philosophieren, die Zeit drängte. Er drehte sich zu ihr.

„Wenn ich dir jetzt weitere Einzelheiten anvertraue, kann ich mich darauf verlassen, dass du den Mund hältst?"

Sie sah ihn an, als hätte sie ihn allein für die Frage gern geohrfeigt. Dann aber schien sie sich zusammenzureißen und nickte. „Ich verspreche es dir. Hundertprozentig!"

Phil ließ seinen Blick prüfend über ihr Gesicht wandern. Ein gewisses Restrisiko blieb, aber Loyalität war für sie schon damals ihr wichtigster Wert gewesen.

„Das Team, für das ich arbeite, ist einem internationalen Waffenhändler auf der Spur. Ich hatte ja gestern

Abend schon gesagt, dass wir Indizien haben, dass dein Schwiegervater dieser Waffenhändler ist. Ich bin hier, damit wir ihn und die Gäste, von denen wir vermuten, dass sie in den Waffenhandel involviert sind, auf frischer Tat ertappen und festnehmen können.“

Eve schien mit sich zu hadern. „Was genau meinst du damit?“

„Das, was ich gesagt habe. Ich bin hier, um eindeutige Beweise zu liefern.“

„Und wenn du keine Beweise findest?“

„Ich sage es ungern, aber es sieht nicht so aus, als gäbe es Entlastendes.“

„Ich hatte letzte Nacht viel Zeit zum Nachdenken. Den Fehler, dir keine Chance zu geben, mache ich kein zweites Mal. Darfst du mir erzählen, was genau ihr vermutet? Ich schwöre dir, ich sage kein einziges Wort!“

Obwohl er besser den Mund gehalten hätte, fasste Phil die Ergebnisse ihrer Aufklärung grob zusammen und berichtete ihr auch, was Fred ihm gestern erzählt hatte. Als er zu den Gästen kam, die heute eintreffen sollten, kam Eve aus dem Kopfschütteln nicht mehr heraus. „So, wie du es sagst, klingt es schlüssig, Phil, aber ich kenne einen Teil der Männer persönlich. Also ich meine, ich habe sie schon mehrfach getroffen, als ich Francis begleitet habe. Ich kann mir nicht vorstellen, dass sie in so eine Sache verwickelt sind.“

„Genau deswegen hat es offenbar über Jahrzehnte funktioniert. Und um endgültige Beweise zu finden, bin ich hier.“

„Und wenn du sie findest?"

„Wird mich unser Team unterstützen, alle Beteiligten festzunehmen."

Sie drehte sich zur Seite, nickte aber. „Was du gestern über meinen Mann gesagt hast – das war, um mich zu ködern, oder?"

Phil seufzte. „Ich habe mir das nicht ausgedacht, es gibt eindeutige Hinweise, die dafür sprechen, dass der Unfall deines Mannes kein Zufall war."

„Du bleibst dabei, dass sein eigener Vater ihn auf dem Gewissen haben soll?" Sie schrie den Satz fast.

„Ja, wir haben entsprechende Aussagen!"

„Von wem?"

„Eve, ich kann bei vielen Dingen nicht ins Detail gehen. Ich darf nicht."

Eve sah an ihn und plötzlich liefen Tränen über ihre Wangen. Fast trotzig wischte sie sie weg, doch es kamen immer mehr. Dieses Mal konnte Phil nicht anders, als sie in den Arm zu ziehen. Steif und unnachgiebig stand sie da, doch dann lehnte sie sich an ihn und weinte so heftig, wie er es erst einmal im Leben erlebt hatte. Seine Schwester hatte damals ebenso abgrundtief geweint. Und genau wie damals stand er da und hielt eine Frau in den Armen. Blieb stark, obwohl er es eigentlich nicht war. Nach einer Ewigkeit versiegten ihre Tränen.

„Entschuldige. Ich ... ich weiß einfach nicht mehr weiter. Mein Leben liegt in Einzelteilen vor mir und ich habe keine Ahnung, was ich davon noch zusammensetzen kann. Als ich zurück aufs Schloss kam, war ich fest entschlossen, endlich neu anzufangen, aber jetzt ..."

Phil musste schlucken, als er die Verzweiflung in ihren Augen sah. Doch dann packte er sie energisch an den Schultern und schob sie ein Stück von sich. Er wartete, bis sie den Blick hob und ihn ansah.

„Jetzt wirst du es genau so machen. Du fängst von vorne an. Du musst keine Scherben aufsammeln und zusammensetzen. Finde neue Sachen, die die alten ersetzen!"

„Du meinst, ich soll keinen zerbrochenen Teller zusammenkleben, weil ich noch einen ganzen habe?"

Jetzt hatte sie ihn verstanden. Aufmunternd zwinkerte er ihr zu.

„Am besten kaufst du dir gleich komplett neues Geschirr! Vielleicht ist es Zeit für neue Tassen im Schrank!"

„Hört sich an wie ein Spruch aus diesen Kalendern, du weißt schon ..."

Phil grinste. „Die Kalender hab ich erfunden, glaub mir, ich kenne diese Sprüche alle! Und ja, es ist Zeit für neues Geschirr, vielleicht sogar für eine komplette Renovierung mit neuer Inneneinrichtung!"

Eve lachte und es klang zum ersten Mal echt. Phil genoss das Gefühl, endlich ein bisschen von der alten Eve wiederzusehen. Er beobachtete, wie sie an ihrer Handtasche herumnestelte. Sie holte das Foto heraus, das er ihr gestern Abend hingestellt hatte, und reichte es ihm.

„Das ist für dich. Erzählst du mir, was das für ein Foto ist?"

Phil zögerte einen Moment, atmete durch und gab nach.

„Das Foto hatte meine Schwester einige Wochen vor unserem Sommerurlaub von uns beiden gemacht. Sie war ganz begeistert von dem Selbstauslöser und wollte es unbedingt ausprobieren."

„Das ist also deine Schwester." Eves Stimme klang eher bestätigend als fragend. Sie sah zu ihm auf. Dann fuhr sie sich durch die Haare. „Ich bin wirklich ein Depp. Was hätte ich mir all die Jahre ersparen können!"

Phil musste grinsen. „Dem habe ich nichts hinzuzufügen." In Gedanken ergänzte er, dass es auch ihm so vieles erspart hätte.

„Was genau ist das für ein Team, für das du arbeitest? Bist du bei der Polizei? Oder bei einer Spezialeinheit?"

Phil verzog das Gesicht. Spontane Themenwechsel waren typisch für Eve, und sie hatte schon immer gut zugehört und die richtigen Schlüsse gezogen. Daher entschloss er sich, ihr den Rest zu erzählen.

Der Himmel war beinahe wolkenlos und die schon fast winterlich tief stehende Sonne zeichnete unruhige Muster auf den Waldboden. „Gehen wir noch ein Stück?"

Sie liefen langsam den Waldweg entlang, der ihre Schritte durch die weiche Nadelschicht fast lautlos erscheinen ließ.

„Ich bin bei einer Spezialeinheit, aber nicht bei der Polizei, sondern beim Militär."

„Und was machst du da genau?"

Sie sah ihn fragend an und Phil entschied sich, ehrlich zu ihr zu sein. Darauf kam es nun auch nicht mehr an. „Unser Team gehört den Britisch Special Forces – dem 22. Special Air Service Regiment – an. Wir sind als selbstständige Task Force innerhalb der Counter Terrorism-Unit mit speziellen Aufträgen unterwegs."

Eve schwieg für einen Moment, dann lächelte sie ihn an. „Ich weiß nicht warum, aber es passt zu dir. Ich habe mir schon damals gedacht, dass du nicht der Typ für einen Job von der Stange bist. Ich hab allerdings vermutet, dass du zur Navy gehst, du wolltest doch viel herumkommen."

Phil war überrascht. In der Tat hatte er damals mit dem Gedanken gespielt, zur Royal Navy zu gehen. Interessant, dass sie sich das gemerkt hatte.

„Unterwegs bin ich, wir sind oft im Einsatz, da komme ich viel rum."

„Das denke ich mir." Sie wurde ernst. „Und natürlich ist es ausgerechnet eine spezielle Task Force innerhalb der Anti-Terror-Einheiten. Du machst keine halben Sachen, genau wie früher."

Sie machten sich auf den Rückweg zum Wagen. Kurz bevor sie das Auto erreichten, griff Eve nach seinem Arm.

„Phil, wenn du recht hast mit dem, was du mir erzählt hast, dann will ich alles tun, um dir bei der Aufklärung zu helfen. Falls mein Schwiegervater dieser Waffenhändler ist, er wirklich etwas damit zu tun haben sollte, was mit Francis ..." Sie schluckte und räusperte sich einige Male, bis ihre Stimme wieder fest klang. "Allein für eine dieser Taten gehört er ins tiefste Loch, das ein Gefängnis zu bieten hat. Wenn er tatsächlich beides getan hat, dann ..."

"Dann sorgen unser Team und ich dafür, dass er in genau diesem Loch verrottet!" Phil legte ihr den Arm um die Schulter und drehte sie zu sich.

"Versprich mir nur eins, Eve. Lass dich nicht zu einer eigenmächtigen Tat hinreißen. Überlass mir die Ermittlungen. Wir sind kurz davor, an unwiderlegbare Beweise zu kommen. Sobald die Gespräche starten, ist es nur noch eine Frage von Stunden, bis auch ich weiß, was los ist. Wir dürfen jetzt nichts riskieren."

Eve starrte ihn an. Er sah, wie es in ihr arbeitete und sie die Zähne aufeinanderbiss. Dann aber atmete sie durch.

"Keine Panik, ich spiele nicht Miss Marple. Aber wie willst du denn an diese Beweise kommen? Du bist doch bei den Gesprächen gar nicht dabei."

"Ich habe Abhörgeräte in den Räumen platziert. Das einzige Problem ist, dass die Übertragung nicht besonders gut ist."

"Woran liegt das?"

"Die Mauern sind zu dick." Phil lachte. "So blöd es klingt, es liegt tatsächlich an der Stärke der Mauern, dass wir das Ganze nicht in Echtzeit abhören können.

Wir müssen mit der alten Methode analog aufzeichnen. Leider sind die bisherigen Aufzeichnungen nicht besonders gut. Ich hoffe, es reicht aus."

„Ich weiß, wie ihr eine bessere Qualität bekommt." Triumphierend sah sie Phil an. „Es gibt Geheimgänge hinter dem Arbeitszimmer und hinter dem Salon."

„Was? Davon weiß ich nichts."

„Deshalb heißen die Dinger auch Geheimgänge. Francis hat sie mir gezeigt. Die Wände sind nicht besonders dick, das müsste für eure Aufnahmegeräte also besser sein."

Phil konnte nicht anders, als ihr Gesicht zwischen seine Hände zu nehmen und ihr einen Kuss auf die Lippen zu drücken. „Das ist genial, danke, Eve!"

Der Kuss war kurz und fast freundschaftlich gewesen, doch Eves Augen strahlten ihn an.

Sie fuhren bis Inverness, da Phil befürchtete, dass jemand den Kilometerstand kontrollieren könnte. Gemeinsam gingen sie ins Eastgate Shoppingcenter und Eve erledigte schnell ein paar Einkäufe. Phil hatte Schlimmstes befürchtet, doch zu seiner Überraschung war sie nach knapp dreißig Minuten mit allem fertig.

„Mylady, ich bin beeindruckt!" Phil deutete eine Verbeugung an.

„Spinner." Sie drehte sich suchend um. „Lust auf einen Kaffee? Hier in der Mall gibts einige tolle Cafés."

Phil warf einen Blick auf die Uhr. Da Eve sich so mit ihren Einkäufen beeilt hatte, war noch genügend Zeit.

Als er seine Zustimmung signalisierte, ging Eve zielstrebig voran. Phil folgte ihr neugierig und musste grinsen, als sie vor einem italienischen Café stehen blieb.

„Die haben das beste Eis weit und breit!" Eve strahlte ihn an. „Komm schon, auf die alten Zeiten!"

Wenig später saßen sie auf zierlichen Chippendale-Stühlen, der passende runde Tisch brach fast zusammen unter den Köstlichkeiten, die sich auf ihm türmten. Eve hatte es sich nicht nehmen lassen und ihnen jeweils einen riesigen Eisbecher geordert. Dazu hatte sie sich einen großen Milchkaffee und Mandelgebäck bestellt, während Phil sich auf einen Espresso beschränkte. Amüsiert beobachtete er, wie sie eine Eissorte nach der anderen kostete und auch vor seinem Eisbecher nicht haltmachte.

„Manche Dinge ändern sich nie!"

Statt sich von seinem Kommentar verunsichern zu lassen, grinste Eve ihn an. „Solche Eisbecher gibt es sonst nur in Italien. Dieses Café ist einmalig gut. Wie kann ich da widerstehen?" Ungeniert bohrte sie mit ihrem Löffel in seinem Becher herum, bis sie an die unterste Kugel Eis kam.

Phil lachte. „Lässt du mir auch noch was übrig?"

„Nach dem, was ich dir gleich erzählen werde, hab ich mir sogar einen dritten Eisbecher verdient!" Sie wühlte in ihrer Handtasche nach einem Stift und griff dann nach seiner Serviette. Phil rutschte mit gerunzelter Stirn näher. „Was tust du da?"

„Wenn das Auto verwanzt sein könnte, will ich mir gar nicht vorstellen, dass wir uns auf dem Schloss vielleicht nirgendwo ungestört unterhalten können. Daher ist das Beste, ich zeichne dir hier auf, wie du zum Geheimgang kommst. Also, sieh her."

Sie skizzierte geschickt den Grundriss des Schlosses und deutete dann auf die hintere Seitenwand des Arbeitszimmers. „Wenn du an der linken Außenwand stehst, musst du dich auf die Höhe des vorletzten Fensters begeben. Dort ist unter dem Fenstersims eine Vertiefung, die du mit der Hand ertasten kannst. Drück sie tief rein, der Mechanismus klemmt etwas. Direkt vor dir öffnet sich dann eine Tür in der Tapete. Sie liegt an der Ecke und ist halb vom Vorhang verdeckt, sodass es kaum auffällt. Wenn du hineingehst, wird die Tür durch einen Kontakt im Boden wieder hinter dir geschlossen. Eine Wendeltreppe führt sowohl nach oben als auch nach unten."

Phil hatte ihren Ausführungen gebannt gelauscht. Das konnte in der Tat die beste Chance sein, um doch noch verwertbare Gesprächsmitschnitte zu erhalten.

„Wer weiß alles von dem Gang?"

Eve überlegte. „Mein Schwiegervater natürlich und ich denke, der Butler weiß es auch. Francis hat mal so eine Andeutung gemacht. Aber sicher bin ich mir da nicht."

Phil nickte gedankenversunken. Dass nun auch Eve den Butler erwähnte, passte ins Bild. Konzentriert prägte er sich die Zeichnungen ein.

„Wo enden die Gänge?"

„Der Weg nach oben endet im ersten Stock in einem Abstellraum, der Gang nach unten geht weiter bis in den Keller. An deiner Stelle würde ich den Weg durch den Keller nehmen. Von dort aus kannst du auf zwei verschiedenen Wegen aus dem Gebäude hinaus. Hinten in Richtung Garten und rechts raus in Richtung der Stallungen."

Nachdem sie ihm auch den Geheimgang hinter dem Salon beschrieben hatte, lehnte sich Phil zurück und schob ihr den Rest seines Eisbechers zu.

„Den hast du dir mehr als verdient."

Mit einem genießerischen Grinsen fischte Eve eine Kirsche aus dem Becher und steckte sie sich in den Mund.

Phil beobachtete, wie sich ein kleiner Spritzer Kirschsaft auf ihre Unterlippe verirrte. Er beugte sich vor, wischte ihn sanft von ihren Lippen und wartete ihre Reaktion ab. Als er sah, dass sich ihre Atmung beschleunigte, küsste er sie zaghaft, fast fragend. Als sie seinen Kuss zu erwidern begann, vertiefte er ihn. Endlich.

Phil hielt ihren Blick. Ihre Augen weiteten sich, wirkten verschleiert und verloren sich in seinen, während der Kuss immer intensiver wurde. Noch bevor sie den Kuss beendete, erkannte er in ihren Augen, dass sie sich zurückzog.

Sie räusperte sich. „Ich weiß, der Zeitpunkt ist wahrscheinlich der schlechteste überhaupt, aber ich muss dir etwas sagen." Sie unterbrach sich und strich sich ihre widerspenstige Haarsträhne hinter das Ohr.

„Noch vor einigen Wochen habe ich mich einfach nur treiben lassen. Ein Tag war wie der andere. Ich wusste nichts mit mir anzufangen und ließ Wochen und Monate sinnlos verstreichen. Ich hatte so gehofft, dass der Schmerz vergeht und sich alles irgendwann wieder gut anfühlt. Aber das ist nicht passiert. Erst als ich begriffen habe, dass Francis nicht gewollt hätte, dass ich mein Leben vertrödle und vergeude, fühlte ich mich besser. Ich habe meinen Mann geliebt, sehr sogar, und ich vermisse ihn. Aber ich habe noch so viele Jahre vor mir und die will ich leben und nicht nur vor mich hinvegetieren. Ich will sie nutzen und sie, wenn ich ehrlich bin, auch nicht allein verbringen. Ich weiß nicht, was das hier wird, Phil, aber es fühlt sich so gut an, dass ich gerne versuchen möchte, es herauszufinden.“

Phil griff nach ihrer Hand, die schon wieder in Richtung ihrer Haarsträhne wanderte.

„Wollen wir uns die Zeit nehmen, um zu sehen, was aus uns wird? Du hast recht, der Moment ist wirklich so unpassend, wie es nur geht, aber in ein paar Tagen ist alles vorbei und wenn du möchtest, nehmen wir uns dann alle Zeit der Welt.“

Er sah, wie ihre Augen zu strahlen begannen. Dann nickte sie und legte ihren Arm um seinen Nacken. Leise flüsterte sie ihm ins Ohr: „Das möchte ich. Und ich verspreche dir, dass ich dieses Mal nicht einfach davonrennen werde.“

Hand in Hand schlenderten sie durch die Mall und genossen, dass ihre Vertrautheit noch immer vorhanden war. Manche Dinge bleiben bestehen, dachte Phil und freute sich, Eve für den Moment an seiner Seite zu wissen. Eve lehnte ihren Kopf an seine Schulter, während sie langsam in Richtung Ausgang gingen.

„Wenn du möchtest, kann ich nach unserer Rückkehr meinen Schwiegervater ablenken, sodass du in aller Ruhe im Geheimgang dieses Abhörteil positionieren kannst."

Phil nickte. „Das wäre großartig. Warum nur habe ich das Gefühl, dass du diese Geheimgang-Geschichte richtig genießt?"

Eve lächelte etwas wehmütig. „Es ist eine schöne Erinnerung. Francis hat mir den Gang gezeigt und wie ein kleiner Junge gestrahlt, als er mir davon erzählte, wie er seiner Mutter immer wieder entwischte, wenn sie ihn zu den Hausaufgaben gerufen hat."

Phil erwiderte ihr Lächeln. „Das hätte ich auch gebraucht. Leider gab es bei uns keine Geheimgänge. Aber dein Angebot, deinen Schwiegervater kurz in Beschlag zu nehmen, nehme ich sehr gerne an. Ich muss unbedingt vor dem Eintreffen der Gäste das Abhörgerät dort platzieren."

„Dann lass uns fahren. Und währenddessen kannst du mir erzählen, wo du aufgewachsen bist. Das hast du mir damals schon vorenthalten, mit der fadenscheinigen Erklärung, dass du keinen Nerv auf deine Eltern hättest!"

„Wenn das hier vorbei ist, erzähle ich es dir gern. Denk daran, im Auto geht es nicht. Jetzt muss ich dringend telefonieren und dann sehen wir zu, dass wir zurückkommen!"

Während der Rückfahrt hing Eve ihren Gedanken nach. Der Tod ihres Mannes hatte ihr den Boden unter den Füßen weggerissen. Sie hatte nicht mehr gewusst, was sie ohne ihn tun sollte, zu groß waren der Schmerz und die Trauer über seinen Verlust gewesen. Im Schloss hatte sie es nicht mehr ausgehalten und war ein Jahr lang von einem Wellnessresort zum nächsten getingelt. Der Schmerz war nicht weniger geworden, aber sie hatte das Gefühl gehabt, damit weiterleben zu können. Francis hätte nie gewollt, dass sie sich so gehen ließ, wie sie es in den letzten Monaten getan hatte. Das war ihr mit einem Mal klar geworden und hatte sie zur Rückkehr nach Schottland bewogen.

Sie warf einen Blick auf Phil, der den Wagen fuhr. Sein Gesicht war schärfer geschnitten als früher, die jugendliche Weichheit völlig verschwunden, was ihm ausgezeichnet stand. Allerdings hingen ihm die blonden Haare genau wie damals ein klein wenig zu lang in die Stirn. Und ob er es nun wollte oder nicht – sie sah immer noch das verhasste Polohemd an ihm. Eve musste schmunzeln. Phil hatte diese Golfplatz-Mode gehasst, doch sie liebte diesen Look und hatte sich nicht an ihm sattsehen können, wenn er mal wieder eins davon tragen musste.

Zurück auf dem Schloss wurde Eve wieder die leicht zickige Lady Carley. Alles, was Phil in den letzten Stunden an ihr wiedererkannt hatte, fiel scheinbar von ihr ab. Nur weil er genau darauf achtete, erkannte er ihr Schauspiel. Auch wenn er es ungern zugab, sie war gut. Als der Butler auf sie zueilte, forderte Eve ihn mit einer Geste auf, die Einkäufe aus dem Auto zu holen.

„Ich weiß, wir erwarten Gäste, dennoch möchte ich umgehend meinen Schwiegervater sprechen. Wenn Sie mich bitte ankündigen?"

Der Butler blickte sie hilflos an. „Lady Evangeline, das ist momentan etwas ungünstig, ich ..."

„Sie sollen mich nicht so nennen! Ich heiße Eve! Das Gespräch wird nicht lange dauern, begleiten Sie mich bitte."

Sie ging an dem Butler vorbei und schritt energisch und erhobenen Hauptes durch den Haupteingang. Der Butler folgte ihr dienstbeflissen und Phil blieb allein auf dem Vorplatz des Anwesens zurück. Eilig parkte er den Wagen in der Garage und ging ins Haus. Auf dem Weg zu seinem Zimmer begegnete er niemandem, sodass er sich dort in aller Ruhe unbemerkt das handtellergroße Kästchen in die Jackentasche stecken konnte. Das hochmoderne Abhörgerät wirkte unscheinbar und sah aus wie eine harmlose kleine Plastikbox. Dass sein Inneres mit Hightech der neuesten Generation gefüttert war, ließ sich nicht erkennen. Zügig machte sich Phil auf den Weg in den Keller. Er lief an der Küche vorbei, aus der es verführerisch duftete. Phils Magen begann zu knurren. Er hätte mehr als nur den Eisbecher essen sollen. Hoffentlich hatte er noch Zeit, eine Kleinigkeit zu sich zu nehmen, bevor die Gäste eintrafen. Ansonsten blieb ihm nichts anderes übrig, als auf das Frühstück zu warten. Anders als Jo machte es ihm nichts aus, ab und an auf Essen zu verzichten. Sein Kamerad allerdings würde lieber zwei Nächte durcharbeiten, als eine Mahlzeit zu verpassen. Phil grinste, als er daran dachte, wie oft er Jo damit schon aufgezogen hatte. Jo war an Durchhaltevermögen nicht zu überbieten, er konnte sich selbst und andere bis weit über die Grenzen der Belastbarkeit hinaus motivieren und antreiben. Er ertrug klaglos schlechtes Wetter, durchwachte Nächte und andere Unwägbarkeiten, die alle anderen zum Fluchen brachten. Ausgefallene Mahlzeiten, die während ihrer Einsätze leider zur Tagesordnung gehörten, waren Jos persönliches Waterloo und setzten ihm mehr zu als alles andere.

Phil warf einen Blick auf seine Armbanduhr. Kurz nach fünfzehn Uhr. Noch eine Stunde, bis die Gäste eintrafen. Genügend Zeit, um bei Ed nachzufragen, wie der Status bei Alec im Iran war. Doch erst einmal ab in den Keller. Leise öffnete Phil die Holztür. Die Stufen waren ungleichmäßig und mit jedem Schritt, den er nach unten lief, roch es modriger. Der alte Keller war aus Stein gemauert. Phil holte eine kleine Taschenlampe heraus und folgte dem Gang bis zu der Stelle, die Eve ihm beschrieben hatte. Er fand eine verdeckte Tür. Eine kleine Wendeltreppe dahinter führte in schmalen Kehren nach oben. Ohne zu zögern, stieg Phil voran. Er hatte den Grundriss des Gebäudes so verinnerlicht, dass er den Absatz, hinter dem sich das Arbeitszimmer befand, sicher erreichte. Er steckte sich die kleine Taschenlampe in den Mund und hielt sie mit den Zähnen fest. Rasch untersuchte er die Wand und entdeckte die getarnte Tür, die vom Arbeitszimmer hierherführte. Die dicke Staubschicht zeigte ihm, dass seit einer Ewigkeit niemand mehr hier gewesen war. Hinter Kabeln, die wirr an der Wand von oben nach unten führten, fand er oberhalb seines Kopfs eine Stelle, an der er die Dose befestigte. Einige zusätzliche Kabelbinder gaben dem Kästchen genügend Halt.

Er blickte erneut auf die Uhr. Verdammt, er musste sich beeilen. Nur noch wenige Minuten, bis die Gäste eintrafen, und er musste das zweite Abhörgerät noch im Geheimgang hinter dem Salon anbringen.

Gerade noch rechtzeitig stieß Phil zu den Männern von Gershwin Security. Fred warf ihm einen Blick zu, der es in sich hatte. Doch bevor Phil etwas erwidern konnte, fuhr einer von drei schwarzen SUVs die Einfahrt zum Schloss hinauf.

Die Nachmittagssonne schimmerte durch die grauen Wolken, als wollte sie die Gäste begrüßen, und tauchte das Anwesen in ein warmes Licht. Lord Carley trat, gefolgt von seinem Butler, aus dem Haus, um seine Besucher persönlich in Empfang zu nehmen. Eine ungewöhnlich wertschätzende Geste, wie Phil feststellte.

Sein Blick richtete sich aufmerksam auf die Umgebung. Auch wenn er nicht mit Komplikationen rechnete, war er angespannt. Die Gäste, die in diesem Moment eintrafen, mochten nach außen hin ehrenhafte Geschäftsmänner sein, doch schienen sie alle in den Waffenhandel verstrickt zu sein.

Der erste Wagen hielt auf dem knirschenden Kies. Die Türen öffneten sich und mehrere Männer stiegen aus. Einige trugen eine Keffiyeh, waren aber ansonsten durchweg westlich gekleidet. Jeder von ihnen trug einen maßgeschneiderten Anzug, dunkle, gedeckte Farben spiegelten den dezenten Luxus wider, mit dem sich diese Männer täglich umgaben. Ein Luxus, der auf Blut und Gewalt basierte, schoss es Phil durch den Kopf und er musste den widerlichen Geschmack, der sich auf seiner Zunge breitzumachen drohte, energisch hinunterschlucken. Um genau diese Geschäfte zu beenden und den Lord ein für alle Mal aus dem Verkehr zu ziehen, war er hier.

Der Mann, der als Erster ausgestiegen war, war groß und muskulös, sein Gesicht von einem gepflegten dunklen Bart umrahmt. Seine Augen blitzten in einem tiefen Braun, und als er den Kopf hob, um den Lord zu begrüßen, war ein selbstsicheres Lächeln auf seinen Lippen zu sehen. Phil erkannte in ihm den Geschäftsführer der Carley Hotel Group in den Vereinigten Arabischen

Emiraten. Phil konnte die Aura der Macht spüren, die von diesem Mann ausging. Doch als Lord Carley ihm entgegentrat, senkte der Mann respektvoll den Kopf. Überrascht nahm Phil diese Geste zur Kenntnis, denn sie zeigte auf unmissverständliche Weise, wer das Sagen hatte. Carley war in einen eleganten, grauen Anzug gekleidet, die Krawatte mit einem doppelten Windsor perfekt gebunden.

„Willkommen, mein Freund", sagte er mit einer Stimme, die zwar Freundlichkeit, vor allem aber Autorität ausstrahlte. Nachdem sie einige Höflichkeiten ausgetauscht hatten, wandte der Lord sich den anderen Gästen zu und begrüßte sie nacheinander.

Nur wenig später fuhr der zweite SUV vor, aus dem erneut mehrere Männer ausstiegen. Einer von ihnen erregte Phils Aufmerksamkeit. Er war deutlich jünger als die anderen, höchstens Mitte dreißig. Als er Phil das Gesicht zuwandte, fühlte der sich, als ob ihm der Boden unter den Füßen weggezogen wurde.

Der junge Mann, der in formvollendeter Höflichkeit Lord Carley begrüßte, war der Neffe von Latif. Der Mann, der alles riskiert hatte, um ihnen Informationen über den Lord zukommen zu lassen. Amir Karami, wie er durch die Namen auf der Gästeliste wusste, war der Amir! Es gelang Phil trotz seiner Überraschung, einen neutralen Gesichtsausdruck beizubehalten. Als Amir die Besucher betrachtete, die im Halbkreis um den Eingang standen, huschte sein Blick auch zu Phil hinüber.

Ausdruckslos wandte Amir sich ab und erneut dem Lord zu, der seine Gäste ins Schloss bat.

„Ich freue mich, dass Sie alle hier sind, um an diesem besonderen Austausch teilzunehmen. Bitte, begleiten Sie mich in mein bescheidenes Heim."

Die Männer folgten Lord Carleys Aufforderung und traten in das opulent mit Blumen geschmückte Foyer ein.

Phils Blick folgte dem Mann, der ihnen die entscheidenden Interna zugespielt hatte. Wie alle anderen trug er einen eleganten Anzug, hatte jedoch auf eine Krawatte verzichtet. Respektvoll begrüßte er seinen Gastgeber und trat dann zu den restlichen Besuchern.

Als der letzte Gast durch den Eingang geschritten war und der Butler die Tür hinter ihnen schloss, wusste Phil, dass die entscheidende Phase nun begonnen hatte. Er spürte die Anspannung, die sich ungewollt in ihm breitmachte. Er hatte mit vielem gerechnet, aber nicht mit Amirs Anwesenheit in Schottland. Der Mann musste sich mehr oder weniger direkt auf den Weg gemacht haben, nachdem er mit ihnen gesprochen hatte. Phil konnte nur hoffen, dass Amir sich weiterhin unauffällig verhielt und zu keiner Dummheit hinreißen ließ. Damit würde er sie alle in Gefahr bringen.

Die Sonne verschwand hinter den Wolken und ein kühler Wind zog auf. Aus einem absurden Gedanken heraus hatte Phil das Gefühl, dass sich die Gefahr wie eine Glocke über das gesamte Anwesen zu legen schien.

Phil versuchte erfolglos auszublenden, dass Alfie Brown ihm zum dritten Mal begeistert von seinem letzten Urlaub auf Ibiza erzählte. Trotz seiner knappen Antworten ließ Brown nicht locker und zählte ausführlich sämtliche Vorteile des All-inclusive-Clubs auf, in dem er genächtigt hatte.

Phil hingegen war mit seinen Gedanken vollkommen woanders. Fred war kurz nach Ankunft der Gäste hinausgekommen und hatte sich, ganz seiner Funktion als Sicherheitschef, davon überzeugt, dass alle auf ihren Positionen waren. Phil hatte die Gelegenheit gehabt, ihm zu signalisieren, dass er ihn dringend sprechen musste. Fred hatte genickt, sich danach aber wieder ins Haus zurückgezogen. Seitdem war er nicht mehr zurückgekommen. Während Phil seine Runden mit Alfie drehte und darauf wartete, dass Fred Zeit für ihn aufbrachte, hatte auch Ed sich gemeldet und ihn benachrichtigt, dass das Team nicht wie vereinbart am Exfil-Point abgeholt worden war. Aus unerfindlichen Gründen hatte Aserbaidschan den zuvor genehmigten Überflug des Helikopters durch den aserbaidschanischen Luftraum zurückgezogen. Warum dies geschehen war, wurde vermutlich gerade von höherer Stelle geklärt, nur half das Alec und den anderen nicht im Geringsten. Sie mussten auf den alternativen Plan zurückgreifen und mit dem Auto bis an die armenische Grenze fahren. Von da aus würden sie zu Fuß die Grenze überqueren.

Eine kalte Windbö riss Phil aus seinen Gedanken. Mit halbem Ohr hatte er gerade noch mitbekommen, dass

Alfie etwas von Strandpartys erzählt hatte, sodass er wenigstens wusste, wo er vage zustimmend nicken musste. Pflichtbewusst sah er durch das Nachtsichtgerät. Plötzlich meldete sich Fred über Funk.

„Andrews, ich muss Sie sprechen, kommen Sie doch bitte zum Haupteingang."

Fred beendete den Kontakt, bevor Phil reagieren konnte. Er drehte sich zu Alfie. „Hast ja gehört, der Boss will mich sprechen. Ich bin gleich zurück."

Phil lief zur Vorderseite des Schlosses. Fred stand dort unter einem Regenschirm und rauchte eine seiner geliebten Zigarren. „Komm aus dem Regen." Er winkte Phil zu sich. Als der näher kam, sah er, dass Fred einen Störsender in der Hand hielt. „Du hast zwei Minuten, Youngster." Er zog ihn unter den Schirm.

„Das Team hat Probleme, sie wurden nicht wie geplant am Exfil-Point abgeholt. Der Helikopter, der sie abholen sollte, durfte plötzlich den aserbaidschanischen Luftraum nicht mehr durchfliegen. Jetzt müssen sie sich bis zur armenischen Grenze vorarbeiten, um rausgeholt werden zu können. Daher treffen sie erst morgen am späten Nachmittag hier ein. Aber das ist jetzt nicht das Wichtigste: Amir Karami, einer der Gäste, ist unser Informant. Er war es, der uns die Beweise für den Waffenhandel des Lords hat zukommen lassen."

Fred fluchte heftig. „Verdammt nochmal, damit bringt er uns alle in Gefahr."

„So siehts aus. Aber um sich darüber Gedanken zu machen, ist es zu spät. Im Gespräch mit uns machte er einen sehr überlegten Eindruck. Ich gehe davon aus, dass er sich nicht zu irgendeiner übereilten Handlung hinreißen lässt."

„Bist du dir sicher?"

Phil verzog gequält das Gesicht. „So sicher, wie man sich nach einem einzigen Gespräch sein kann."

„Na wunderbar. Und das genau dann, wenn das Team nicht zur Verfügung steht."

„Tja, ab jetzt kanns ja nur noch bergauf gehen."

Phils Versuch, diese bescheidene Situation aufzulockern, brachte ihm lediglich einen scharfen Blick von Fred ein. Phil wurde wieder sachlich. „Kannst du Amir im Auge behalten? Uns fehlt nur noch der Beweis, dass es in den Gesprächen hier um anstehende Waffenlieferungen geht. Das Team hängt fest, sollte aber so zurückkommen, dass der Zugriff morgen Abend stattfinden kann. Bis dahin haben wir Zeit, den Lord eindeutig zu überführen. Wir müssen diesem verdammten Spiel des Terrors ein Ende bereiten."

Phil wartete, bis alle Gäste sich auf ihre Zimmer zurückgezogen hatten und es im Haus ruhig geworden war. Leise lief er über den dicken Teppich des Westflügels, um zu dem Gästezimmer zu gelangen, in dem Amir Karami untergebracht war. Fast lautlos öffnete er die Tür, die zu seiner Überraschung unverschlossen war. Vorsichtig trat er in den schwach erleuchteten Raum. Amir stand am Fenster und sah ihn erwartungsvoll an. Phil legte den Zeigefinger über den Mund und bedeutete Amir so, zu schweigen. Nachdem dieser verständig genickt hatte, ging Phil auf ihn zu, den Störsender sichtbar in der Hand. Als sie nebeneinanderstanden, sprach Phil ihn an. „Ich weiß nicht, ob der Raum abgehört wird. Der Störsender wirkt nur in einem Umkreis von zwei Metern. Wir müssen dicht zusammenbleiben und sollten dennoch leise sprechen." Er konnte nicht anders, als sich Luft zu machen. „Verdammt noch mal, Amir, was tust du hier?"

Der verzog das Gesicht zu einer Grimasse, schien aber erleichtert über die vertraute Anrede. „Auf dich warten, um ehrlich zu sein." Als er Phils Gesichtsausdruck sah, ergänzte er zügig: „Mein Vater ist erkrankt, weshalb ich statt seiner hier bin. Aber keine Angst, ich werde nichts Unüberlegtes tun."

Phil nickte und entspannte sich ein wenig. „Ich dachte, mir bleibt das Herz stehen, als ich dich gesehen habe."

Amir grinste. „Hat man dir nicht angemerkt. Du warst so kühl wie das Wetter."

„Verhalte dich unauffällig und ruhig, unternimm nichts. Wir haben die Sache im Griff." Er wartete, bis Amir nickte.

„Ich verhalte mich ruhig. Und übrigens, ich wusste nicht, dass ich anstelle meines Vaters kommen würde, als wir miteinander gesprochen haben. Mein Vater heißt auch Amir, nur falls du dich das fragen solltest."

Jetzt konnte Phil nicht anders, als ihn anzugrinsen. „Was für eine intelligente Erklärung, aber okay. Jetzt ist es ohnehin nicht mehr zu ändern. Halt dich aus allem raus und lass mich meinen Job machen!"

„Ist ja gut, ich halte mich daran. Aber darf ich dich fragen, ob meine Unterlagen ausgereicht haben? Könnt ihr beweisen, dass Lord Carley der Waffenhändler ist?", fragte Amir erwartungsvoll.

Phil sah ihn nachdenklich an. Dann aber entschloss er sich, Amir gegenüber ehrlich zu sein. Nach allem, was er riskiert hatte, um ihnen die Informationen zukommen zu lassen, hatte er das verdient.

„Es fehlt uns der entscheidende Beweis, dass er es ist. Ein Satz, eine Aussage, die wir aufnehmen können, und wir haben ihn."

Amir nickte angespannt. „Ich habe es befürchtet. Aber ich bin sicher, dass wir morgen nicht länger über die Konzeptanpassung sprechen werden. Carley hat uns eingeladen, weil es Unzuverlässigkeiten mit Lieferungen gab. Seine bisher unanfechtbare Position ist ins Wanken geraten. Er hat einiges zu verlieren und braucht uns auf seiner Seite."

„Danke, Amir, ich hoffe, du behältst recht. Ansonsten werde ich mir etwas überlegen müssen. Sieh zu, dass du den Kopf unten lässt. Wir sprechen in Ruhe miteinander, wenn das hier vorbei ist."

Als er sein eigenes Zimmer erreicht hatte, rief er Ed an und berichtete ihm, was in den letzten Stunden alles geschehen war.

„Verdammt, Phil, ich kann nur hoffen, dass Amir sich zurückhält. Bis jetzt läuft alles wieder halbwegs nach Plan. Alec und das Team sind endlich auf dem Weg zurück. Das Wetter in Armenien ist bescheiden, sodass sie erst morgen am späten Nachmittag hier eintreffen werden. Bis dahin sollte ich näher an dir dran sein. Wenn etwas Unvorhersehbares passiert, bin ich im Moment einfach zu weit weg. Gibt es nicht irgendeinen Ort, wo ich unauffällig bleiben kann?"

Daran hatte Phil auch schon gedacht.

„Mir wäre auch wohler, wenn ich dich vor Ort wüsste. Das Haupthaus scheidet aus, hier ist im Moment zu viel Betrieb. Aber in einem der Nebengebäude, zum Beispiel über der Werkstatt, solltest du ungesehen unterkommen können. Ich schicke dir gleich den ergänzten Grundriss, dann weißt du, von welchem Gebäude ich spreche."

„Alles klar." Ed klang erleichtert. „Ich mache mich direkt auf den Weg. In einer Stunde hast du dein Backup."

Nach knapp einer Stunde machte sich Phil auf den Weg in die Werkstatt. Auf dem Dachboden darüber würde Ed ungestört bleiben und war gleichzeitig nah genug, sollte Phil seine Hilfe brauchen. Dass sein Freund und Kamerad zur Unterstützung da sein würde, war eine größere Entlastung für ihn, als er sich eingestehen wollte. Er hatte das Gefühl, mit fünfzehn Bällen auf einmal zu jonglieren. Keiner durfte fallen, aber es war unmöglich, alle gleichzeitig in der Luft zu halten.

Wenn Phil nicht darauf geachtet hätte, wäre ihm Eds Ankunft entgangen. Kein Knarren der Tür, nur ein leichter Luftzug verriet ihn. Als Ed die Treppe zum Dachboden hochkam, pfiff Phil ganz leise, um Ed über seine Anwesenheit in Kenntnis zu setzen.

„Danke für die Warnung." Ed setzte die schwere Ausrüstung ab. „Das unnötige Zeug hab ich im Hotelzimmer gelassen."

Er stieß Phil mit der Schulter an. „Mach Platz."

Ed wühlte im Deckelfach seines Rucksacks, fischte eine Tüte Kartoffelchips der Marke Lays heraus und warf sie Phil zu. „Dachte, du könntest eine kleine Aufmunterung vertragen."

Gierig riss Phil die Tüte auf und steckte sich eine Handvoll Chips in den Mund. Aufseufzend ließ er sich nach hinten fallen. Er liebte diesen Snack einfach. „Ed, du bist der Beste, das habe ich gebraucht. Danke."

Er ahnte mehr, dass Ed grinste, als dass er es in der Dunkelheit hätte sehen können. „Gern geschehen. Dachte mir schon, dass du sicher wieder ein paar Mahlzeiten hast ausfallen lassen."

„Bin einfach nicht dazu gekommen. Hast du was Neues von den anderen gehört?"

„Nein, keine Updates. Mit den restlichen Unterlagen von Amir bin ich jetzt durch. Auch einige, sagen wir, unkonventionelle Erkundungen haben nichts gebracht. Wir brauchen also noch immer den entscheidenden Beweis. Hast du schon überprüft, ob das Abhören etwas ergeben hat?"

„Mit der Auswertung wollte ich auf dich warten, es geht doch nichts über ein bisschen Vorfreude und die wollte ich dir nicht nehmen."

„Na wunderbar, vielen Dank auch." Ed gähnte. „Ich dachte fast, ich könnte ein paar Stunden schlafen."

Phil bekam Mitleid, schließlich hatte Ed nicht nur ihn unterstützt, sondern vor allem Alec und das Team mit Satellitenbildern und Updates versorgt, als diese aufgrund des schlechten Wetters nicht selbst darauf zugreifen konnten. Glücklicherweise war wenigstens die Verbindung zwischen ihren Geräten ausreichend stabil geblieben.

Phil griff nach dem Laptop und öffnete die entsprechenden Dateien. „Ruh dich eine Runde aus. Ich habe zwar nicht viel Zeit, aber für eine Stunde kann ich bleiben."

„Ach, schon gut." Ed nahm den Laptop an sich. „Schlaf wird ohnehin überbewertet."

Einige Zeit später war klar, dass sie nichts hatten. Tatsächlich hatten sich Lord Carley und seine Gäste über eine Konzeptanpassung der Carley Hotel Group unterhalten und über nichts anderes. Frustriert ließ sich Phil nach hinten sinken. Die alte Holzkiste, auf der er saß, knirschte bedrohlich. „Dann können wir nur hoffen, dass Amir recht hat und es morgen ans Eingemachte geht."

Ed sah ihn an. „Ich hoffe, du liegst richtig. Wenn nicht, bleibt uns nichts anderes übrig, als ihn zu einer Aussage zu bringen, sie irgendwie zu provozieren."

„Notfalls werde ich Fred morgen verkabeln, dann haben wir garantiert alles auf Band. Das passt mir zwar nicht, aber ich sehe, dass wir keine andere Wahl haben, und Fred lässt sich nicht davon abbringen." Phil stand gähnend auf. „Amir ist sich sicher, dass es morgen zur Sache geht, wird schon schiefgehen."

Er warf einen Blick auf die Uhr. Es war fast zwei Uhr morgens. Wenn er noch ein paar Stunden schlafen wollte, musste er zurück.

„Um sechs Uhr beginnt mein Dienst. Bin schon gespannt, über welchen Urlaub Alfie dann mit mir sprechen will. Der Typ macht mich wirklich verrückt!"

Ed grinste. „Da bin ich ja fast froh, dass ich die Zeit hier ganz entspannt in Wartestellung verbringen werde. Sieht aus, als bekommt jeder, was er verdient hat."

2 6

Den ganzen nächsten Tag über hatte Phil das Gefühl, auf glühenden Kohlen zu sitzen. Obwohl es keinen Anlass gab, lag eine gewisse Anspannung in der Luft. Lord Carley und seine Gäste trafen sich hinter verschlossenen Türen zu irgendwelchen Besprechungen, und er konnte nur hoffen, dass endlich die entscheidenden Themen zur Sprache kamen. Sollten bis mittags wieder nur hotelrelevante Dinge auf den Tisch kommen, würden sie zu Plan B übergehen müssen.

Nach Ende seiner Schicht ging Phil in sein Zimmer und zog sich um. Seinen Arbeitskollegen gegenüber hatte er behauptet, er wolle nach Dingwall fahren, um dort einige Besorgungen zu machen.

Das Wetter hatte sich verschlechtert, sodass er sich für die wasserfeste Jacke entschied. Gerade, als er nach ihr greifen und sein Zimmer verlassen wollte, stand Amir vor der Tür. Phil zog ihn schnell ins Zimmer hinein und griff nach dem Störsender. „Verdammt, Amir, bist du verrückt geworden? Was machst du hier?"

Etwas betreten sah Amir ihn an. „Ich muss einfach wissen, ob du schon Beweise hast. Phil, morgen geht das Treffen zu Ende!"

„Hast du eine Ahnung, in welche Gefahr du uns bringst? Wo sind die anderen Gäste?"

Amir winkte ab. „Beim Lunch, keine Sorge. Ich habe angeblich einen Anruf meines Vaters erhalten, daher habe ich mich kurz entschuldigt."

„Ich sagte dir bereits, dass du dich zurückhalten und mir die Angelegenheit überlassen sollst!"

„Entschuldige, ich weiß. Aber wir brauchen jetzt Beweise, um ihn endgültig zu überführen. Er ist schließlich nicht nur ein Waffendealer, sondern auch der Mörder seines Sohnes!"

„Amir!", zischte Phil ihn an. „Halt dich um Himmels willen zurück und überlass das mir! Vertrau mir! Du musst dich im Griff haben, sonst gefährdest du alles!"

„Entschuldige, du hast ja recht." Amir fuhr sich mit beiden Händen übers Gesicht. Danach wirkte er wieder wie der ruhige Mann, den Phil während des Videocalls kennengelernt hatte.

„Verlass dich auf mich, ich gehe zurück. Wir sehen uns erst, wenn du auf mich zukommst, versprochen!"

Als Amir den Raum verließ und Phil die Tür hinter ihm schließen wollte, sah er zu seinem Entsetzen Eve im Flur stehen. Sie trug eine dunkelgrüne Wachsjacke, eine Mütze auf dem Kopf und hielt eine Hundeleine in der Hand. Offensichtlich war sie gerade von einem Spaziergang mit dem Hund zurückgekehrt.

„Phil." Ihre leise Stimme zitterte. „Was hat das zu bedeuten?"

Phil wurde blass. Was machte sie hier? Und was viel
wichtiger war, was hatte sie alles gehört? Wobei ein
Blick in ihre Augen diese Frage beantwortete.

„Eve, hör zu ..."

„Nein, du hörst zu, und vor allem sagst du mir, was
das gerade zu bedeuten hatte."

Phil machte einen Schritt auf sie zu, doch sie wich
ihm aus.

„Wieso weiß Amir von deinen Ermittlungen? Ist er
deine Quelle? Er war der beste Freund meines Mannes
und wusste die ganze Zeit davon? Etwa auch, dass
Francis ermordet wurde?"

„Eve, nicht hier drinnen, bitte! Lass uns nach draußen
gehen, hier ist es zu gefährlich!"

Phil öffnete seinen Kleiderschrank und holte eine Pistole aus seiner Reisetasche. Er lud sie durch und steckte
sie sich hinten in den Bund seiner Hose. Mit großen Augen beobachtete Eve, was er tat.

Phil legte den Finger über den Mund und bedeutete
ihr, leise zu sein. Dann griff er nach ihrem Arm und
spähte in den Flur. Erleichterung durchflutete ihn. Es
war niemand zu sehen. Im Gehen nahm er seine Jacke
vom Haken. Leise schloss er seine Zimmertür hinter
sich. Gemeinsam mit Eve trat er aus dem Hinterausgang ins Freie. Der Wind hatte aufgefrischt. Phil blickte
sich um. Von den beiden Security-Männern war nichts
zu sehen. Aufatmend sah er sie an.

„Lass uns wegfahren, damit wir uns irgendwo ungestört unterhalten können, dann ..." Er unterbrach sich, als die Hintertür erneut geöffnet wurde und Amir auf ihn zu gerannt kam.

„Was tust du schon wieder hier? Amir, verdammt, das ist jetzt nicht dein Ernst."

„Lord Carley. Er hat Eve und dich gehört. Nachdem ich bei dir weg bin, ging ich kurz nach draußen, um Luft zu schnappen. Als ich zurück ins Haus kam, sah ich, wie Carley in Richtung deines Zimmers ging. Ich folgte ihm und sah, dass er euch belauschte."

„Hat er dich gesehen?"

„Nein. Hör zu, er sprach daraufhin mit dem Butler und hat ihn angewiesen, euch zu verfolgen!"

„Dann sieh erst recht zu, dass du verschwindest, er darf dich nicht mit uns sehen. Geh sofort zurück zu den anderen. Verhalte dich unauffällig. Ich bringe Eve in Sicherheit. Wenn du Hilfe brauchst, geh zu Fred, er ist über alles informiert!"

Amir lief zurück ins Schloss. Phil legte den Arm um Eve und zog sie im Windschatten des Nebengebäudes hinüber zum Stall. „Wir müssen auf den Weg, der unterhalb des Schlosses entlangführt!"

Phil rannte mit Eve in den Schutz der ersten Kiefern. Im Laufen riss er sein Handy aus der Jacke und drückte eine Kurzwahltaste. „Ed. Der Lord weiß Bescheid, ich bin aufgeflogen. Er hat dem Butler befohlen, Eve und mich zu verfolgen. Ich bringe Eve in Sicherheit. Bleib, wo du bist und sieh zu, dass du die Beweise bekommst, ich bin sicher, jetzt verrät er sich!"

Phil legte auf, bevor Ed antworten konnte. Sie liefen weiter, als Schüsse hinter ihnen peitschten. Phil riss Eve zur Seite und verbarg sich mit ihr im Schutz eines Baumstamms. Er spürte, wie sie zitterte. Behutsam legte er seine Hände um ihre Wangen. „Ich bringe dich von hier weg. Wir schaffen das, vertrau mir." Er wartete ab, bis sie nickte. Dann griff er nach Eves Hand.

„Wir müssen zusehen, dass wir hier wegkommen."

Als Amir ins Haus zurückkehrte, tat er, als würde er gerade erst sein Telefongespräch beenden. Lord Carley ihn sah und winkte ihn mit einem Lächeln in den Salon. Die anderen Besucher waren bereits anwesend. Angespannt trat Amir näher. Lord Carley wandte sich an seine Gäste: „Gentlemen, ich habe eine kleine Abweichung unserer Freizeitaktivitäten anzukündigen." Er warf einen Blick in die Runde. Obwohl er lächelte, war der Ausdruck seiner Augen so kalt, dass Amir unwillkürlich die Luft anhielt.

„Die geplante Beizjagd mit den Falken wird durch eine kleine Demonstration ersetzt. Ich habe das Glück, Ihnen eine Drohne der neuesten Generation präsentieren zu können. Etwas größer als eine Aktentasche, bis zu 24 Stunden Flugzeit, verfügt unter anderem über 500 Schuss Munition. Gesichtserkennung trifft auf innovative KI-Technik. Wenn Sie ein Foto oder, noch besser, ein Video der Zielperson haben, laden Sie es hoch und geben der Drohne eine Startrichtung vor. Ab dann wird sie selbstständig ihre Suche beginnen und erst aufhören, wenn sie ihr Ziel erreicht hat und dieses eliminiert ist."

Wie auf Kommando trat der Butler ein, der eine große Tasche und einen Laptop trug. Diesen reichte er Lord Carley. Dieser nickte ihm zu und der Butler verschwand durch die Terrassentür nach draußen. Der Lord drehte den Laptop so, dass der Bildschirm für alle sichtbar war.

„Gentlemen, genießen Sie die Vorführung. Fragen und Bestellungen nehme ich nach erfolgreicher Demonstration entgegen."

Als der Lord ein Bild von Phil und dann ein Foto seiner Schwiegertochter anklickte und damit die Software fütterte, ging ein Raunen durch die Gäste.

Einer von ihnen trat einen Schritt nach vorn. „Darf ich fragen, Euer Lordschaft, was der Grund für dieses Ziel ist?"

„Verrat!"

Die leisen Gespräche verstummten. Amir spürte, wie Übelkeit in ihm hochstieg. Er konnte das nicht mitansehen.

„Verzeihung, Euer Lordschaft. Wenn Sie mich kurz entschuldigen." Amir deutete eine leichte Verbeugung an. Dann rannte er fast aus dem Salon.

Fred traute seinen Ohren nicht, als er hörte, was der Lord vorhatte. Gott sei Dank zeichnete die Wanze, die er seit dem Morgen trug, alles auf, was gesprochen wurde. Mit einer Normalität, als würde er ein Essen im Restaurant ordern, erklärte der Lord die Vorzüge der Drohne. Als Amir den Raum verließ, reagierte er kaum, zu konzentriert programmierte er die Software der Drohne. Offenbar reichte es aus, wenn sie in WLAN-Reichweite war, denn der Butler stand, die Drohne neben sich, auf der Terrasse des Hauses.

Fred entschloss sich zu einem vorsichtigen Vorstoß. Er ging auf Lord Carley zu. Dieser blickte auf und winkte ihn heran. Fred beugte sich zu ihm. „Weshalb laufen mein Mitarbeiter und Ihre Schwiegertochter da draußen herum? Gibt es ein Sicherheitsrisiko?"

Es war riskant, doch offenbar war diese leicht dümmlich gestellte Frage genau das Richtige.

„Ja, das gibt es, und ich bitte Sie, die anderen Mitarbeiter gut im Auge zu behalten. Um dieses Risiko hier kümmere ich mich persönlich. Ansonsten befindet sich niemand von uns in Gefahr!"

Der Lord fixierte ihn mit einem Glimmen in den Augen, das Fred innerlich erschaudern ließ. Hier blickte ihn ein Wahnsinniger an, den er nicht aufhalten konnte. Noch nicht ...

„Ich sorge dafür, dass alle auf ihren Posten sind.“

Er zögerte, als er sah, dass der Lord ihn noch immer beobachtete. Aus einem Impuls heraus beugte er sich erneut zu seinem Noch-Arbeitgeber vor. „Ich bin in zwei Minuten zurück. Wenn Sie können, warten Sie auf mich, ich will sehen, was das Schmuckstück kann!“

Der Lord lachte auf und schlug ihm begeistert auf die Schulter.

In dem Wissen, einen Psychopathen vor sich zu haben, ging Fred aus dem Zimmer. Kaum war er allein, riss er sein Handy aus der Tasche.

Als Amir sein Zimmer im ersten Stock erreichte, stürzte er ins Badezimmer und übergab sich heftig. Zitternd wusch er sich das Gesicht und blickte in den Spiegel über dem Waschbecken. Wenn er Phil nicht aufgesucht hätte, wären er und Eve nicht in Gefahr geraten. Es war seine Schuld, dass der Lord sie töten wollte. Er musste etwas unternehmen. Doch was konnte er tun? Er blickte sich hektisch um, dann stand sein Entschluss fest. Weit konnten Phil und Eve noch nicht sein.

In fliegender Hast zog er sich eine Jacke über und eilte aus dem Haus. Vom Vordereingang aus sah er, dass die Drohne hoch über dem Schloss schwirrte. Es wirkte fast, als wollte sie sich orientieren. Sie kreiste hin und

her wie ein Falke, der flatternd über seiner Beute
schwebte. Dann schien es plötzlich, als habe die Drohne
einen Impuls erhalten. Mit einem Mal flog sie zielge-
richtet in Richtung Süden. Amir warf einen Blick auf
das Schloss, dann rannte er hinter der Drohne her. Er
konnte nur hoffen, dass er nicht zu spät kam.

Sie liefen durch das dichte Kiefernwäldchen, welches
das Schloss umgab. Erst als sie den Waldrand erreichten, hielten sie an. Phil blickte sich um, um sich zu orientieren. Vor ihnen öffnete sich das Tal. Der Wind blies
ihnen entgegen, es roch nach Schnee und wildem Heidekraut. Ausgerechnet heute schien das bisher noch
herbstliche Wetter umzuschlagen. Dicke Wolken ballten
sich am Himmel und verdeckten die tief stehende Sonne. Der Wind fegte über die schroffen Bergkämme der
Highlands, deren Spitzen in dichte Wolken gehüllt waren. Keuchend lehnte sich Eve an einen Baumstamm,
während Phil nach seinem Handy griff. Ed hatte ihm
mehrere Nachrichten geschrieben. Er überflog sie.

„O Mann ...“

Dann drehte er sich zu Eve, die ihn entsetzt ansah.

„Phil, was ist los?“

Phil schloss für eine Sekunde die Augen. Als er Eve
anblickte, hatte er sich wieder im Griff. „Das Gute ist,
dass Ed die Gesprächsaufnahmen hat, die wir brauchen.
Das Schlechte ist, dass uns eine bewaffnete Drohne
jagt.“

„Was? O Gott, Phil, was machen wir jetzt?“

Ihre Augen wirkten riesengroß vor Angst. Er atmete tief durch und drückte ihr einen raschen Kuss auf den Mund. „Zusehen, dass wir dieses Tal durchqueren, und zwar sofort. Ed und Fred hatten kurz Kontakt. Fred geht zurück zum Lord, während Ed versucht, sich in die Drohne zu hacken. Das Wetter wird ihren Suchflug verlangsamen, aber es wird sie nicht aufhalten. Wir müssen uns beeilen, wir haben nur wenig Zeit. "

Er warf einen Blick in den Himmel. Die Wolken wurden immer dunkler. Aber noch fiel weder Regen noch – wie Phil eher befürchtete – der erste Schnee des Jahres.

Er deutete auf das Tal vor ihnen. „Wenn wir den Wald erreichen, haben wir genügend Bäume um uns, die uns hoffentlich etwas Deckung geben. Das ist unser Ziel. Wir müssen es um jeden Preis schaffen ." Er blickte ihr fest in die Augen. „Wir werden das hinbekommen, Eve. Du musst mir nur eins versprechen: Tu, was ich dir sage, und dreh dich nicht um!"

Mit angsterfüllten Augen blickte sie ihn an, nickte aber. „Versprochen."

Phil nahm ihre Hand. „Lauf!"

Obwohl er es Eve abverlangt hatte, drehte Phil sich sehr wohl immer wieder um. Das Wissen, dass es eine bewaffnete Drohne auf sie abgesehen hatte, vor allem auf Eve, stellte so ziemlich den schlimmsten Albtraum dar, den Phil sich je hätte ausmalen können. Je nach Drohne und Bewaffnung hatte er mit seiner Pistole so gut wie keine Chance. Er musste aus einer sicheren Position heraus mehrere gezielte Schüsse abgeben, um überhaupt eine Möglichkeit zu haben, das Teil außer Gefecht zu setzen.

„Ein Kinderspiel", murmelte er vor sich hin, während sie die offene Heidelandschaft überquerten. Eve stolperte und riss ihn aus seinen Gedanken. Phil zog sie nach oben. „Hast du dich verletzt?"

„Nein, ich habe nur nicht aufgepasst." Sie rang nach Atem und Phil hoffte, dass sie das Tempo bis zum Wald durchhalten würde. Der Boden war übersät mit sumpfartigen Wasserlöchern, die ihnen immer wieder zum Verhängnis wurden. Auch Phil stürzte einige Male aus vollem Lauf, weil er in einem dieser Löcher steckenblieb. Es ging nicht anders, sie mussten ihr Tempo drosseln. Vorsichtiger liefen sie weiter. Plötzlich hörte Phil ein merkwürdig surrendes Geräusch. In einer elliptisch anmutenden Flugbahn näherte sich die Drohne.

„Verdammt." Phil blickte sich um. Außer einer Kiefer gab es weit und breit keine Deckung. Er rannte mit Eve in den Schutz des Baumes. Während Eve sich dicht hinter den Stamm kauerte, richtete sich Phil auf. Er hielt die Pistole in der Hand und zielte auf die heranfliegende Drohne. Als sie in Reichweite seiner Waffe war, gab Phil zwei gezielte Schüsse auf sie ab. Er traf, doch offenbar hielt er sie damit nicht auf. Als er einen dritten Schuss auf sie abfeuerte, flogen Funken. Im selben Moment brauste eine orkanartige Sturmböe über die offene Landschaft und brachte die Drohne vom Kurs ab. Sie wurde niedriger und verschwand in die entgegengesetzte Richtung. Phil steckte seine Waffe weg und atmete durch. Trotz des eisigen Windes spürte er, wie ihm ein Schweißtropfen den Rücken hinabrann. Für den Moment war die Gefahr gebannt.

Ungläubig stand Eve auf. „Ist sie abgestürzt?"

„Ich fürchte nicht, aber das Wetter macht es nicht nur uns schwerer. Auch die Drohne hat damit zu kämpfen, und das ist unser Glück. Komm, es ist nicht mehr weit."

Die Richtung, in die die Drohne verschwunden war, im Blick behaltend, rannten sie auf den Wald zu. Phil drehte sich immer wieder um und suchte den Horizont ab. Er hätte alles dafür gegeben, ihr Team zur Unterstützung zu haben. Allein konnte er nicht gleichzeitig die Umgebung im Auge behalten und Eve in Sicherheit bringen. Der Boden war noch immer uneben. Sie mussten aufpassen, wohin sie ihre Schritte setzten. Der Wind brachte Schneeregen mit sich und blies ihnen die nassen Flocken ins Gesicht. Kurz bevor sie den Waldrand am Ende des Tals erreichten, sah Phil aus dem Augenwinkel eine Bewegung hinter ihnen. Aus einem Impuls heraus riss er an Eve. „Runter!"

Eve schrie auf, als sie unvermittelt und hart auf dem Boden landete.

Phil tastete nach seiner Waffe. „Uns folgt jemand."

„Kannst du sehen, wer es ist?"

„Nein, unser Vorsprung ist groß genug." Er steckte die Waffe in die Jackentasche und zog Eve auf die Knie. „Es sind noch knapp zweihundert Meter bis zu den ersten Bäumen."

Er strich ihr über die Wange und reichte ihr die Hand. Eve griff danach und ließ sich hochziehen. Ernst sah er sie an. „Wir rennen jetzt los und erreichen diese Bäume! Egal was passiert, du bleibst nicht stehen!"

Sie sprintete auf sein Kommando in einem Tempo los, das er ihr nicht zugetraut hatte. Aber das Wissen, dass direkt hinter ihnen eine weitere Gefahr aufgetaucht war, schien neue Kräfte in ihr geweckt zu haben. Phil lief neben ihr und sah sich immer wieder um. Ihr Verfolger hatte aufgeschlossen. Phil riss die Pistole aus der Jackentasche und entsicherte sie. Gerade als er stehenblieb, um zu schießen, stolperte der Unbekannte und ging zu Boden. Mit einem grimmigen Lächeln nahm Phil zur Kenntnis, dass er nicht mehr aufstand, und rannte Eve hinterher, die zu seiner Erleichterung nicht stehen geblieben war.

Sie erreichten den Waldrand.

„Hierher!"

Phil drückte sie hinter einen umgefallenen Baumstamm. Eve sank nach Atem ringend auf den Boden. Phil schenkte ihr ein schnelles Lächeln. Im Gegensatz zu ihrem ging sein Atem kaum schneller. „Gut gemacht. Bleib unten, ich bin gleich zurück."

Das Klingeln seines Handys riss Alec aus dem Schlaf, in den er kurz nach Start des Helikopters in London gefallen war. Mit halb geschlossenen Augen angelte er es aus der Tasche und warf einen Blick auf das Display. „Ja?"

Es war Fred. Sein ehemaliger Ausbilder hielt sich nicht mit Vorreden auf.

„Phil ist aufgeflogen. Er ist mit Eve zu Fuß auf der Flucht durch die Highlands. Der Lord jagt ihnen eine Drohne hinterher, sozusagen eine Live-Demo ihrer Fähigkeiten. Ich brauche euch hier!"

Alec war mit einem Schlag hellwach. Er blickte auf seine Uhr und überschlug die Zeit bis zu ihrer Ankunft.

„Wir sind auf dem Weg und in knapp dreißig Minuten vor Ort."

Fred fluchte so anhaltend, wie Alec es in all den Jahren nicht gehört hatte. „Hör zu, der Lord ist total durchgeknallt, ich kann nicht einschätzen, was er als Nächstes tut. Er ist wie besessen davon, die beiden für ihren Verrat per Drohne zu exekutieren."

Alec atmete scharf ein. „Dann hoffen wir, dass ihn dieses Spiel lang genug fasziniert. Ich informiere Ed. Wenn alles schiefgeht, haut ab oder erschießt den Kerl."

„Alles klar. Ed brauchst du nicht zu informieren. Ich habe mit ihm gesprochen und er versucht, sich in die Steuerung der Drohne zu hacken."

Alec beendete das Telefonat, lehnte sich langsam nach hinten und schloss die Augen. Die Lage für Phil war verdammt ernst und seine Möglichkeiten, allein etwas gegen eine moderne Drohne ausrichten zu können, waren extrem gering. Er atmete durch. Auch wenn die Chance noch so gering war, Phil würde es schaffen. Er war einer der besten Männer, die Alec kannte.

Entschlossen drehte er sich zu seinem Team um und informierte sie über die aktuelle Lage.

Noch während er sprach, holte David sein Tablet hervor. „Phil hat sich die Gegend genau eingeprägt. Ich bin sicher, er läuft in südlicher Richtung das Tal hinab. Wenn er den Wald erreicht ..." Er unterbrach, als eine Nachricht auf Alecs Handy einging.

„Ed. Er kann nicht telefonieren, hat aber die benötigten Gesprächsmitschnitte als Beweis. Er ist jetzt im Geheimgang neben dem Salon und damit in Freds Nähe. Er versucht, sich in die Drohne zu hacken, kann aber noch nicht sagen, ob er Erfolg hat. Ed gibt uns alle fünf Minuten Updates, bei Bedarf engmaschiger."

Eine neue Nachricht von Ed traf auf seinem Smartphone ein. Als Alec den Text las, fluchte er ungehalten. „Es ist eine Mantrailer-Drohne."

Die Männer sahen sich stumm an. Die Drohne hatte den Spitznamen Mantrailer nicht umsonst erhalten. Modernste Technik kombiniert mit KI war quasi zu einer unbesiegbaren Waffe verschmolzen.

„Das Wetter wird immer schlechter. Für Phil ein Vorteil. Sie werden es schaffen." Alec fuhr sich angespannt mit der Hand durch die Haare.

„Also los. Wir haben noch knapp fünfundzwanzig Minuten, um den Zugriff anzupassen. Ein zweites Team ist ebenfalls unterwegs, wird aber nach uns eintreffen. Wir setzen diesen Mistkerl sofort fest oder schalten ihn notfalls aus."

David öffnete den Grundriss, den Phil um die fehlenden Informationen ergänzt hatte. Dank Ed lag dieser ihnen digital vor. Die Männer beugten sich über den Tablet-PC. Alec zeigte auf den Salon. „Von hier wurde die Drohne gestartet und wir gehen davon aus, dass sich alle Beteiligten dort aufhalten."

Er deutete auf den Plan. „Luke und Cal gehen hier seitlich ins Haus. Ed wartet dort auf euch. Sichert den hinteren Teil des Erdgeschosses und lauft dann direkt zum Salon. Wir anderen nehmen den Haupteingang. Tom und David gehen weiter nach oben in die Galerie und sichern das Obergeschoss. Sobald dies geschehen ist, folgt ihr uns zum Salon. Jo und ich geben euch zunächst Deckung, arbeiten uns dann vom vorderen Erdgeschoss zum Salon vor. Sobald wir alle in Position sind, greifen wir zu."

Luke deutete auf eine Wiese an der Einfahrt des Schlosses. „Bei dem Wetter ist es unwahrscheinlich, dass man uns allzu früh bemerkt, also können wir hier landen. Vierzig Meter bis zum Haupteingang, etwa dieselbe Entfernung zur Terrasse."

Alec nickte und signalisierte ihm, die Piloten zu informieren.

„Die Piloten übernehmen den Garten, falls jemand auf die Idee kommt, abzuhauen."

Jo warf einen Blick nach draußen in den Sturm. „Eine verdammt dämliche Idee, aber möglich."

Dank des gerade eintreffenden Updates von Ed wussten sie, dass sich die Zielpersonen nach wie vor im Salon aufhielten. Glücklicherweise gab es wetterbedingte Verzögerungen, was den Jagderfolg der Drohne verlangsamte.

Sekunden später gab der Pilot das Kommando zur Landung. In einem sturzflugähnlichen Manöver sank der Helikopter über dem Schloss nach unten. Eine Sturmböe erfasste die Maschine, doch der Pilot fing sie mit einer gewagten Drehung ab. Alec und Jo öffneten die Tür. Der Wind trieb eine Ladung eisigen Schnee ins Innere.

Unbeeindruckt vom Wetter sprangen die Männer ab.

Die Eingangshalle des Schlosses war in schummeriges Licht getaucht und menschenleer. Tom und David rannten die breite Treppe hinauf ins obere Stockwerk, Alec und Jo sicherten das Erdgeschoss und liefen dann den Flur hinab in Richtung Salon. Hier brannte Licht in kleinen, altmodischen Wandleuchtern, doch niemand war zu sehen.

Als sie nach rechts in den Seitenflügel abbogen, wurde unvermittelt das Feuer auf sie eröffnet.

Fluchend warf sich Alec hinter eine alte Truhe, während Jo einen Hechtsprung zurück in den Gang machte. Putz splitterte ab und ritzte seine Wange auf. Vorsichtig stand er auf und drückte sich an die Wand.

„Kannst du den Schützen ausmachen, Alec?"

„Ja. Er steckt hinter einem der dicken Vorhänge."

„Alles klar. Halt du ihn mit einzelnen Schüssen in Schach. Auf drei schließt du die Augen."

Alec bestätigte. Jo griff nach einer Blendgranate, löste den Sicherheitsstift und gab leise das Kommando: „Eins, zwei, drei!"

Sekunden später hatten sie den Frack tragenden Schützen außer Gefecht gesetzt und rannten weiter zum Salon.

Phil richtete sich vorsichtig auf, lief zurück in die offene Heidelandschaft und kroch einige Meter nach rechts. Ein kniehoher Busch bot ihm ausreichend Deckung, sodass er es wagte, den Kopf zu heben. Ihr Verfolger hatte sich wieder aufgerichtet und rannte in Richtung des Waldes. Es schien, als habe er ihn und Eve aus den Augen verloren, denn er sah sich immer wieder um, hastete und stolperte weiter. Als er näher kam, traute Phil seinen Augen nicht. Der Verfolger war Amir. Mit einem Fluch auf den Lippen suchte Phil den Himmel ab, die Drohne war noch nicht wieder zu sehen. Er sprang auf und rannte auf Amir zu.

„Was zum Teufel tust du hier?", brüllte er los, als er ihn erreichte.

„Sie haben eine Drohne programmiert und hinter euch hergeschickt ..." Er holte keuchend Luft und stemmte die Hände in die Seiten.

Phil schloss für eine Sekunde die Augen. „Das weiß ich alles, Amir!" Dann griff er nach ihm und zerrte ihn in den Schutz der Bäume bis hin zu Eve.

Fassungslos blickte sie den besten Freund ihres Mannes an. „Amir, was machst du hier?"

„Es ist meine Schuld. Phil, es tut mir leid. Hätte ich dich nicht aufgesucht, um mit dir zu reden, dann wäre das alles nicht passiert. Der Butler hat auf euch geschossen. Dann die Drohne ... Ich wollte euch warnen und ..."

Phil hob die Hände und unterbrach ihn. „Vergiss es, wir reden später. Wo ist die Drohne, hast du sie gesehen?"

Amir nickte. „Sie flog erst über das Schloss, so, als ob sie sich orientieren wollte. Sie kreiste umher und drehte dann ab, als ob sie euch gesehen hätte. Ich rannte hinterher. Das Ding flog durch den Wald, steuerte durch die Bäume. Als es den Waldrand erreichte, sah ich euch und dachte schon, die Drohne fängt an, auf euch zu schießen. Dann aber ist sie plötzlich ohne ersichtlichen Grund abgedreht und in Richtung Schloss zurückgeflogen."

Phil sah ihn schweigend an. „Nicht grundlos. Die Kamera der Drohne übertragt in Echtzeit, was sie sieht. Auch wenn sie programmiert wurde und autonom fliegt und ihre Ziele anvisiert, kann man manuell in das laufende Programm eingreifen. Zum Beispiel, wenn man sie zunächst zurück ins WLAN holen will, um ein weiteres Ziel einzugeben."

Amir blickte von einem zum anderen. Dann wurde er mit einem Mal blass. „Sie haben sie auch mit mir programmiert!"

Phil fuhr sich mit beiden Händen über das Gesicht. „Ja, das befürchte ich. Wir haben keine Wahl, als so viel Distanz wie möglich zwischen uns und die Drohne zu bringen. Wenn wir Glück haben, wird das Wetter irgendwann zu schlecht, sodass sie uns nicht folgen kann. Ansonsten müssen wir versuchen, die Drohne abzuschießen."

„Können wir uns nicht verstecken?"

Phil schüttelte den Kopf. „Das Ding ist voller Hightech und verfügt über Wärmebild- und Infrarottechnik. Wenn wir es nicht in ein Gebäude mit massiven Mauern schaffen, die uns abschirmen, dann müssen wir es schlicht und ergreifend vom Himmel holen. Eine andere Option gibt es nicht."

Er griff nach seinem Handy, hatte jedoch keinen Empfang. Rasch tippte er eine Nachricht an Ed und Alec und konnte nur hoffen, dass sie irgendwann rausging. In der Hoffnung, genügend Zuversicht auszustrahlen, um Eve und Amir zu beruhigen, sagte er: „Hört zu, ich habe versucht, mein Team zu erreichen, habe aber keinen Empfang. Auch wenn die Nachricht aktuell nicht durchkommt, weiß ich, dass Ed schon aktiv ist. Fred ebenso. Außerdem ist der Rest unseres Teams bestimmt auf dem Weg hierher. Sie werden rechtzeitig eintreffen und sich um Lord Carley und seine Kumpane kümmern. Was jetzt zählt, ist, dass wir uns in Sicherheit bringen und hier lebend rauskommen. Folgt mir!"

Gemeinsam liefen sie los – in moderatem Tempo, denn der Schneeregen war stärker geworden und ließ den Boden glatt und rutschig werden. Immer wieder fegten Windböen durch den Wald. Phil hatte die Hoffnung, dass das Wetter die Drohne daran hindern würde, sie zu finden. Er hatte den Gedanken kaum zu Ende gedacht, als eine Salve Schüsse den Waldboden unmittelbar vor ihnen zerfetzte. Phil stieß Amir zur Seite, riss Eve im Sprung von den Füßen und schützte sie mit seinem Körper. Er hatte so viel Schwung, dass sie einen Hang hinunterrollten. Ein kleiner Felsbrocken stoppte sie. Phil stöhnte auf, als er mit seiner verletzten Schulter gegen den Stein prallte. Er rollte sofort herum. Eve krabbelte hinter den niedrigen Felsen. Phil hörte erneut das merkwürdige Summen in der Luft, das immer näher kam. Er riss seine Pistole aus dem Hosenbund. Das Geräusch wurde lauter. Dann sah Phil die Drohne etwa fünfzig Meter entfernt durch den Wald navigieren. Sie kam näher. Amir war ihr am nächsten und sie schien ihn erfasst zu haben. Phil wusste, dass er nur eine Chance hatte. „Runter, Amir!" Er sprang in Position und zielte auf die heranfliegende Drohne. Einen halben Atemzug später feuerte er mehrere Schüsse auf die Drohne ab, die daraufhin aus der Flugbahn geriet und unkontrolliert schoss. Phil warf sich zur Seite, doch er war nicht schnell genug gewesen. Etwas traf seine Schläfe und er ging zu Boden. Er sah noch, wie die Drohne abdrehte und schlingernd in den Wald flog. Dann wurde ihm schwarz vor Augen.

Eine Hand schüttelte ihn heftig an der Schulter. Eve. Sie rief seinen Namen und klang so panisch, dass Phil mit aller Kraft versuchte, die Augen zu öffnen.

„Phil, Gott sei Dank, ich dachte schon, du seist tot." Eve kniete neben ihm und wischte sich die Tränen aus den Augen. Vorsichtig richtete Phil sich auf. Er spürte etwas Nasses, Warmes über sein Gesicht laufen und tastete nach seiner Schläfe.

„Nicht." Eve fing seine Hand ab. „Du hast einen Schuss abbekommen und es blutet ziemlich stark."

„Höchstens einen Streifschuss. Die Drohne?"

„Sie ist in den Wald geflogen."

Eve strich ihm beruhigend über den Arm. Dann kramte sie in ihrer Jackentasche herum, holte ein Taschentuch heraus und drückte es auf die Wunde.

Amir hockte sich neben ihn. „Danke, Phil. Das war Rettung in der letzten Sekunde. Du hast gut gezielt. Sah aus, als hättest du sie erwischt."

„Seid ihr verletzt?", fragte Phil.

Amir verneinte und auch Eve schüttelte den Kopf.

Erleichtert, dass die beiden unverletzt und die akute Gefahr gebannt war, versuchte Phil sich aufzusetzen. Ihm war schwindlig und flau, aber das durfte ihn nicht langsamer werden lassen. Er musste funktionieren und die beiden in Sicherheit bringen.

Phil stand mühsam auf. „Kann gut sein, dass ich die Drohne erwischt habe. Hauptsache, sie ist erst einmal weg. Aber wir müssen weiter!"

„Deine Kopfwunde muss erst versorgt werden!" Er sah Eves besorgten Blick auf sich ruhen, aber winkte ab.

„Viel mehr können wir hier nicht tun." Er nahm das Taschentuch von der Wunde. Sie blutete bereits weniger. Wider besseres Wissen tastete er erneut nach seiner Schläfe und zuckte heftig zusammen, als er die Wunde berührte. Sie fühlte sich nicht so tief an, wie befürchtet. „Ich glaube, mich hat nur ein Querschläger getroffen. Zumindest sind einige Kugeln von dem Stein abgeprallt, hinter dem ich lag. Es ist nur ein Kratzer, hätte schlimmer kommen können. Kopfwunden bluten einfach immer so stark."

Er hoffte, dass seine Stimme beruhigend klang. Er verspürte noch immer eine leichte Übelkeit, aber sein Blick wurde klarer. Sofern sich sein Zustand nicht verschlechterte, kam er zurecht. Das Einzige, was zählte, war Eve hier rauszubringen, alles andere war ihm egal. Er ging einige Schritte vorwärts und schwankte. Eve war sofort an seiner Seite und stützte ihn. Glücklicherweise fühlte er sich nach einigen Metern stabiler. Er lächelte ihr mit zusammengebissenen Zähnen zu.

„Es geht schon, lass uns von hier verschwinden."

Lord Carley und seine Gäste standen um den Laptop herum. Wie gebannt fixierten sie das Bild der Drohne. Erst vor wenigen Minuten hatte sie die Flüchtigen aufgespürt, Amir anvisiert und gezielt beschossen. Die Besucher waren beeindruckt von der Präzision der Drohne, die trotz des schlechten Wetters so exakt arbeitete. Der Lord hatte sie programmiert und seitdem verfolgte sie wie ein Bluthund die Spur.

Die anfängliche Überraschung unter den Gästen, zu so einer Demonstration gebeten worden zu sein, war gierigem Interesse gewichen. Und hatte, so konnte Fred beobachten, die Position seines Arbeitgebers innerhalb seiner Organisation gefestigt. Er hatte damals nicht gezögert, seinen Sohn zu opfern, weshalb also bei der Schwiegertochter haltmachen?

Schüsse, die plötzlich im Schloss abgefeuert wurden, ließen die Gäste des Lords aufschrecken.

„Was war das?" Einer der Gäste trat auf Lord Carley zu, der völlig ruhig abwinkte.

„Kein Grund zur Sorge, Gentlemen, mein Butler hat sich gerade um ein kleines Problem gekümmert. Es ist alles in Ordnung.“

Fred funkte seine Mitarbeiter an, die aufgrund des Wetters mittlerweile im Haus in der Nähe der Eingänge postiert waren. Keine Antwort. Bevor er etwas sagen konnte, drehte sich Carley zu ihm.

„Ihre Männer wurden bereits in den Feierabend geschickt. Mein Butler hat das erledigt, Fred, ich habe ganz vergessen, Sie davon in Kenntnis zu setzen.“

Fred sah ihn für den Bruchteil eines Moments an. Nun gab es keine Zeugen mehr. Doch um sich nicht zu verraten, neigte er bestätigend den Kopf.

„Kein Problem, Sir, aber wenn Sie wünschen, sehe ich nach dem Rechten. Nur um sicherzugehen.“

Der Lord verneinte. „Ich habe Sie gerne an meiner Seite, Fred, und ich möchte auf keinen Fall, dass Sie das Finale verpassen.“

Alec und Jo näherten sich währenddessen dem Salon. Sie warteten angespannt, bis der Rest des Teams in Position war. Luke, Cal und Ed würden seitlich, von einem an den Salon angrenzenden Raum aus, zugreifen. Tom und David mit ihnen gemeinsam.

David kündigte ihr Kommen mit einem leisen Tippen aufs Mikro an. Alle waren auf ihrem Posten.

„Zugriff!“

Nach wenigen Augenblicken hatten sie die Kontrolle über die Gäste im Salon. Lord Carley hatte sich fast zu ruhig und schnell ergeben. Nun saß er gelassen auf einem Sessel und blickte in die Runde. Dann wandte er sich an Alec.

„Da ich sehe, dass Sie das Kommando haben, beantworten Sie mir bitte eine Frage: Was soll das Ganze hier?"

Alec kniff die Augen zusammen. Diese Arroganz ließ Übelkeit in ihm aufsteigen. Was dachte der Typ eigentlich, wer er war? Auch wenn es nicht seine Aufgabe, sondern die der Staatsanwaltschaft sein würde, Vorwürfe gegen Lord Carley zu erheben, gab er ihm eine Antwort.

„Sie werden wegen Waffenhandel, Mordes und dreifachem versuchtem Mord festgesetzt."

Lord Carley lachte. „Das ist doch lächerlich. Dafür gibt es keinerlei Beweise! Fragen Sie die Leute hier im Raum, wir haben eine rein geschäftliche Zusammenkunft. Ich bin Hotelier und das hier sind meine Mitarbeiter."

Alec warf einen Blick auf Ed, der sich den Laptop des Lords vorgenommen hatte. Mit einem leichten Kopfschütteln drehte dieser sich um. „Die gesamte Festplatte ist gelöscht worden. Keine Ahnung, wie er das so schnell geschafft hat."

Lord Carley sah entspannt zu Alec und sagte selbstgefällig: „Sehen Sie, Ihre Anschuldigungen sind völlig an den Haaren herbeigezogen. Erkundigen Sie sich bei

meinen Gästen, niemand wird Ihnen irgendetwas ver-
heimlichen oder zurückhalten. Finden Sie Ihre Beweise,
bitte, meine Herren!"

Bevor Alec etwas sagen konnte, erhob sich Fred und
riss das Einstecktuch aus der Brusttasche seines Sakkos.
An dessen Ende befestigt, baumelte das winzige Mikrofon, das seit den Morgenstunden jedes Wort übertragen
hatte. Er trat neben Alec und stellte sich demonstrativ
an seine Seite.

„Die Beweise sind alle gesichert!"

3 1

Der Caledonian Forest, in dem sie sich mittlerweile befanden, hätte ausreichend Schutz bieten sollen, doch der Sturm trieb ihnen den Schnee erbarmungslos entgegen. Die Flocken gefroren und fühlten sich wie kleine Pfeilspitzen an. Ihre Jacken hatten dem Wetter nicht viel entgegenzusetzen, dennoch begrüßte Phil die Kälte, da sie die Blutung seiner Kopfwunde zum Stillstand gebracht hatte.

Sie waren auf dem Weg zu der Ruine, die Phil während seines Treffens mit Fred unterhalb des Plateaus so bewundert hatte. Dort wären sie vor Wind und Kälte besser geschützt als hier im offenen Gelände.

Eve trug als einzige eine Mütze unter ihrer Kapuze und war so etwas besser auf den Schnee, der inzwischen fast zehn Zentimeter hoch lag, eingestellt. Deutlich besser als Amir, der in der Hektik nur eine Jacke angezogen, nicht aber an vernünftige Schuhe gedacht hatte. Phil warf ihm einen besorgten Blick zu. Amir war schon wieder gestolpert und fing einen Sturz gerade so ab. Kein Wunder, seine Füße waren sicher taub vor Kälte, doch irgendetwas irritierte Phil.

„Amir." Er wartete, bis der Mann zu ihm aufgeschlossen hatte. „Was ist los mit dir? Bist du verletzt?"

Amir schüttelte den Kopf. „Nein, alles gut, mir ist nur kalt. Es ist ja nicht mehr weit, oder?"

Phil machte einen Schritt auf ihn zu und sah, wie unnatürlich bleich er war. Phil griff nach seinem Arm, als Amir ohne Vorwarnung zusammensackte.

„Verdammt. Eve, hilf mir." Phil ächzte unter der Last, aber mit Eves Hilfe konnte er ihn unter einen Baum schleppen, dessen Äste ein wenig Schutz vor dem Schnee boten. Es dämmerte bereits, doch Phil brauchte kaum Licht. Als er Amirs Jacke öffnete, sah er den großen Blutfleck an dessen Seite sofort. Schnell zog er das blutdurchtränkte Hemd hoch. Amir hatte eine Schusswunde seitlich unterhalb des Rippenbogens.

Phil verbiss sich einen heftigen Fluch und schälte sich aus seiner Jacke. Ohne sich um die eisige Kälte zu kümmern, zog er Hemd und T-Shirt aus. Eve musterte ihn irritiert, doch für lange Erklärungen hatte Phil keine Zeit. Er schlüpfte zurück in seine Kleidung. Dann riss er an den Seiten des T-Shirts. Mit einem Ächzen gab der Baumwollstoff nach.

„Hast du noch Taschentücher? Am besten die ganze Packung. Wir müssen einen Druckverband anlegen." Eve suchte in ihren Jackentaschen und reichte sie ihm.

Vorsichtig drehte Phil Amir auf die Seite und suchte dessen Körper ab, fand aber keine weitere Verletzung. Behutsam tastete er die Umgebung der Wunde ab. Amir kam schreiend zu Bewusstsein. Doch Phil konnte ihm die Schmerzen nicht nehmen. „Tut mir leid, aber ich muss die Wunde gründlich untersuchen. Die Kälte verhindert hoffentlich, dass du noch mehr Blut verlierst, aber es ist auch so schon kritisch.“

Amir ließ die Untersuchung mit zusammengebissenen Zähnen über sich ergehen.

„Ein Durchschuss und so, wie es aussieht, hat es keine Organe getroffen.“

„So wie es aussieht?“, presste Amir hervor.

Phil zog die Augenbrauen hoch. „Da ich mein Ultraschallgerät gerade nicht einstecken habe, kann ich nur davon ausgehen. Aber die Schusswunde ist relativ weit außen, daher bin ich mir fast sicher, dass es nur eine Fleischwunde ist. Sonst ginge es dir schon schlechter. Trotzdem muss ich einen Druckverband anlegen, was höllisch wehtun wird.“

Phil blickte hinüber zu Eve. „Ich brauche deine Hilfe. Ich muss auf die Wunde drücken und den Verband festziehen. Versuch, Amir so gut es geht festzuhalten.“

Eve nickte und kniete sich neben Amir. Phil griff nach der Taschentuchpackung und nahm die Tücher heraus. Es würde ein verdammt improvisierter Verband werden, doch etwas anderes hatten sie nicht. Vorsichtig schlang Phil das Shirt um Amirs Körper und knotete es locker zu. Dann drückte er die Taschentücher auf die Verletzung und zog den Knoten an. Amir schrie vor Schmerz auf, doch Eve verhinderte erfolgreich, dass er sich aufbäumte. Stöhnend sank Amir zurück. Phil warf Eve einen Blick zu. Tränen liefen über ihre Wangen, aber sie hatte getan, was nötig war. Phil lächelte ihr zu. „Gut gemacht." Während er Amir vorsichtig wieder anzog, sah er Eve an. „Such deinen Körper ab, nicht, dass du ebenfalls eine Wunde hast, die wir nicht bemerkt haben."

Eve tat, was er ihr gesagt hatte, warf ihm aber einen besorgten Blick zu. „Und für dich gilt das nicht, oder wie?"

„Hast du Blut gesehen, als ich gerade Shirt und Hemd ausgezogen hatte? Es geht mir gut."

Dann richtete er sich vorsichtig auf und hielt sich mit einer Hand am Baumstamm fest, bis der Schwindel nachließ. Es ging ihm alles andere als gut, aber das durfte keine Rolle spielen. Behutsam zog er die Kapuze wieder über. Sein Kopf schmerzte heftiger, als ihm lieb war. „Wir müssen zur Ruine. Es wird immer kälter und der Schneefall wird stärker."

„Wie weit ist es noch?"

„Sobald wir aus dem Wald sind, sollten wir sie sehen können."

Phil atmete durch und beugte sich dann vorsichtig zu Amir. „Du musst aufstehen. Ich stütze dich, damit du laufen kannst."

„Bist du verrückt?" Eve ging sofort auf die andere Seite. „Wir stützen ihn gemeinsam."

Sie warf Phil einen Blick zu, der es in sich hatte, und schob Amir einen Arm unter der Schulter durch. Gemeinsam schafften sie es, ihn auf die Füße zu bugsieren. Dann machten sie sich auf den Weg.

Schnee peitschte ihnen ins Gesicht, als sie die letzten Meter zur Ruine zurücklegten. Phil keuchte unter seiner Last. Vor etwa zehn Minuten hatte Amir es nicht weiter geschafft und Phil war nichts übrig geblieben, als ihn zu tragen. Er hatte Eves entsetzten Schrei ausgeblendet, als er Amir hochgehoben hatte. Er würde ihn tragen. Ende der Diskussion. Zu mehr hatte seine Energie nicht gereicht.

Der Boden war uneben und Phil brauchte seine gesamte Konzentration, um nicht zu stolpern. Ein Schritt, dann ein weiterer. Immer einer nach dem anderen. Das sagte er sich vor. Ein Mantra, das ihn weiterlaufen ließ, auch wenn sein Körper ihm kaum mehr gehorchen wollte. Schwarze Punkte tanzten vor seinen Augen und engten sein Sichtfeld ein. Doch aufzugeben kam nicht infrage. Er hatte schon Schlimmeres ausgehalten und würde hier nicht kapitulieren. Er würde durchhalten und Eve und Amir in Sicherheit bringen, das war, was zählte.

Die Mauern der Ruine nahm Phil erst wahr, als er fast dagegen stieß. Er taumelte an der Mauer entlang, stolperte über Äste und Gestrüpp, bis er einen Eingang fand und ins Innere wankte. Er spürte kaum, dass Eve ihn in einen geschützten Winkel zog. Keuchend ging er in die Knie. Erst als die Last von seinem Rücken verschwand, registrierte er, dass sie dem eisigen Wind nicht länger ausgesetzt waren. Phil brauchte einen Moment, um zu begreifen, dass Amir das Bewusstsein verloren hatte. Er kroch zu ihm, zog den bewusstlosen Amir auf die Seite und legte ihn im Schutz der Steinwand in eine bequeme Position. Dann hockte er sich hin und schloss für einen Moment erschöpft die Augen.

„Phil!" Eves Stimme klang so drängend, dass er es schaffte, den Kopf zu heben und sie anzuschauen. Er wollte sich aufrichten und sie in den Arm nehmen, sie beruhigen und ihr versichern, dass jetzt alles gut werden würde. Doch sein Körper fühlte sich merkwürdig steif an. Ein Gedanke schoss ihm durch den Kopf, doch er konnte ihn nicht greifen. Himmel, war er fertig. Erst als Eve ihn schüttelte, wurde ihm klar, was nicht stimmte.

„Hilf mir auf!"

Er kämpfte gegen die hämmernden Kopfschmerzen. Er musste sich aufrichten. Den Rücken gegen die Wand gepresst, schaffte er es mit Eves Hilfe endlich in die Senkrechte. Mit letzter Kraft zog er sie in seine Arme. Im Gegensatz zu ihm zitterte sie heftig, was ihm bewusst machte, dass er die Kälte nicht mehr spürte. „Wir müssen uns bewegen, sonst erfrieren wir."

Seine Stimme klang matt und fremd. Jeder Versuch, sich auf das, was getan werden musste, zu konzentrieren, scheiterte. Verdammt, er musste warm werden, um jeden Preis.

Mit Eve an seiner Seite ging er in der Ruine auf und ab. Das alte Gemäuer hatte nur noch an einer Seite ein halb eingestürztes Dach, das ihnen aber ausreichend Schutz bot. Außerhalb dieses Bereichs hatten Büsche und halbhohe Sträucher sich das Gelände zurückerobert, sodass sie hier hoffentlich ein paar trockene Zweige finden würden. Phil zwang sich, zu sprechen. „Ich bin vorhin ... über Gestrüpp gestolpert. Es liegt hier innen ... an der Wand. Wir müssen ... ein Feuer machen.“

Jeder Schritt kostete ihn Kraft, doch er zwang sich zur Bewegung. Nach einigen Minuten spürte er zu seiner Erleichterung, dass auch er heftig zu zittern begann.

So schnell, wie es ihnen möglich war, rafften sie Äste und Zweige zusammen. In einer Ecke hatten sich trockene Blätter gesammelt, die Eve auf seine Anweisung hin holte. Als sie genügend Material gefunden hatten, stapelten sie es neben Amir. Der lag noch immer in dem windgeschützten Winkel, in dem sie ihn zurückgelassen hatten. Phil sandte ein Stoßgebet gen Himmel. Dank Fred hatte er so sehr verinnerlicht, nie, aber auch niemals ohne ein Messer und Feuerstahl unterwegs zu sein, dass er beides auch heute automatisch eingesteckt hatte. Er musste seine letzten Reserven mobilisieren, um die Funken des Feuerstahls in die trockenen Blätter zu kratzen. Eve schirmte das Holz mit ihrem Körper und ihren Händen ab. Doch seine Hände zitterten so stark, dass es nicht klappen wollte. Er biss die Zähne zusammen und probierte es erneut. Nach fünf vergeblichen Versuchen griff der Funke und eine kleine Flamme arbeitete sich empor. Erleichterung durchflutete Phil. Vorsichtig legte er erst kleine, dann größere Holzstückchen nach, bis das Feuer stabil brannte. Eve kümmerte sich in dieser Zeit um Amir. Er war wieder bei Bewusstsein, aber, wie Phil feststellte, in einem schlechten Zustand. Er half ihm näher ans Feuer.

„Amir ist stark unterkühlt. Wir müssen ihn dringend aufwärmen." Phil öffnete seine Jacke und zog sie aus.

Eve sah ihn entsetzt an. „Phil, du bist verletzt und mindestens so ausgekühlt wie Amir. Verdammt, wenn hier jemand die Jacke auszieht, dann ich."

Eve stapfte zu ihm und legte ihm seine Jacke um die Schultern. Dann schlüpfte sie aus ihrer und ging zu Amir hinüber, der jetzt apathisch am Feuer saß und legte sie ihm um. Er lächelte sie dankbar an und zog die Jacke enger um sich. Eve kehrte zu Phil zurück und setzte sich neben ihn. Sie hob den Blick und sah ihn an.

„Wie geht es jetzt weiter? Glaubst du, wir sind noch in Gefahr? Finden die uns hier?"

Phil schüttelte den Kopf. „Davon gehe ich nicht aus. Unser Team wird den Lord und die übrigen Gäste sicher schon festgesetzt haben und ist auf der Suche nach uns. Wir bleiben hier, bis sie kommen." Er warf einen Blick auf Amir, der wieder auf der Seite lag und eingenickt war. „Wir können nicht riskieren, bei diesem Wetter noch einmal rauszugehen. Das würde er nicht überleben."

Er beugte sich vor und legte ein kleines Stück Holz auf das Feuer. „Hier ist es zwar auch kalt, aber windgeschützt. Das macht den Unterschied und wir können hier abwarten, bis das Team kommt."

Eve schmiegte sich näher an ihn. „Du klingst, als wüsstest du, dass sie schon unterwegs sind."

„Das sind sie auch." Als er ihren fragenden Blick sah, lächelte er. „Wir sind nicht einfach nur ein Team, das zusammen arbeitet. Wir kennen uns verdammt gut, sind nicht nur durch die Zeit, die wir miteinander verbringen, sondern auch durch unsere Trainings und unsere Einsätze zusammengewachsen. Wir kennen uns besser, als manche Familien sich kennen. Wir vertrauen einander unser Leben an. Ich weiß, dass sie uns suchen, weil ich genau das Gleiche für jeden von ihnen tun würde." Eve verzog wehmütig das Gesicht. „Es ist schön, zu wissen, dass es Menschen gibt, die einem so viel bedeuten. Ich wünschte, ich hätte auch solche Menschen um mich." Sie legte den Kopf auf seine Schulter. Phil hielt sie fest, und merkte kurz darauf, dass sie eingeschlafen war. Vorsichtig strich er ihr eine Haarsträhne aus dem Gesicht. Wenn sie nur wüsste, wie viel sie ihm bedeutete. Sie, nicht die Eve von vor zehn Jahren. Er hatte sich neu in sie verliebt, so wie sie jetzt war.

Nach einer Weile spürte er, wie Eve anfing zu zittern. Sie wachte auf und löste sich von ihm. Phil schüttelte den Kopf. Obwohl er seine Jacke bereits halb um sie gelegt hatte, reichte die Wärme nicht aus. Er schälte sich aus seinem Parka.

„Versuch erst gar nicht zu sagen, dass du sie nicht brauchst. Ich spüre, wie sehr du frierst."

Er nahm seine Jacke und reichte sie Eve. „Komm nicht auf den Gedanken, zu protestieren. Ja, mir ist auch kalt, aber nicht so sehr wie dir. Es geht mir besser und ich habe definitiv schon Schlimmeres ausgehalten."

„Aber deine Kopfwunde ..."

„Ist nicht besonders gut, aber solange wir hier sitzen, geht es." Er zog sie näher an sich. „Du wolltest doch, dass ich dir etwas erzähle. Was möchtest du wissen? Ich hab gerade etwas Zeit und wenn du nichts Besseres vorhast ..."

Eve quittierte diesen Spruch mit einem leichten Schubser. Mit einem Seitenblick auf Amir entschied sie sich für ein unverfängliches Thema.

„Wann war dir kälter als jetzt?"

Phil musste trotz seiner Kopfschmerzen grinsen. „Das ist es, was dich so brennend interessiert?"

Er schaute erneut auf sein Handy, aber noch immer hatte er keinen Empfang. Was wahrscheinlich kein Wunder war, bei diesem Sturm.

„Wir trainieren regelmäßig am Arctic Circle. In Skandinavien wird es deutlich kälter als hier und wenn du bei Minusgraden ins Eiswasser springst, um zu lernen, wie du dich im Ernstfall verhältst, hast du danach garantiert ein anderes Verhältnis zu Kälte."

Er spürte, wie Eve sich entspannte, während er weitersprach.

Alec, Jo, Tom und David bildeten das eine Suchteam, während Fred Cal, Luke und Ed begleitete. David hatte gemeinsam mit Ed den letzten Standort von Phils Handy geortet. Unglücklicherweise hatte der Abtransport des Lords und seiner Gäste wetterbedingt wesentlich länger gedauert als gedacht. Alec wäre am liebsten sofort aufgebrochen, doch sie hatten Prioritäten setzen müssen. Zwei Stunden nach ihrer Ankunft brachen sie endlich auf. Phils letzter Standort war am Waldrand nahe eines kleinen namenlosen Tümpels gewesen. Da sie nicht sicher sagen konnten, ob Phil in der nahegelegenen Ruine Schutz gesucht hatte oder noch an besagtem Gewässer war, hatten sie sich aufgeteilt. Fred und ein Teil des Teams fuhren zum Tümpel, während Alec mit dem Rest seiner Männer zur Ruine unterwegs war. Er war sich sicher, dass Phil die Ruine angepeilt hatte. Sie lag etwas näher am Waldrand, und so absurd es war – Phil hatte ein Faible für alte Gemäuer. Hoffentlich hatten sie es vor Einsetzen des Schneesturms geschafft, Unterschlupf zu finden. Der Wind hatte in der letzten Stunde Orkanstärke angenommen und die Temperatur war rasch gefallen.

Alec lenkte den Land Rover vorsichtig über die vereiste Straße. Die Sicht war so schlecht, dass er nur wenige Meter weit sehen konnte. Plötzlich trat er auf die Bremse. Der Wagen schlingerte und Jo, der neben ihm auf dem Beifahrersitz saß, fluchte laut, als er den riesigen Baum erkannte, der vor ihnen die Straße blockierte. Nur wenige Zentimeter vor dem Stamm kam der Wagen zum Stehen.

„Das war knapp!"

Alec atmete tief durch.

„Das kannst du laut sagen. Ab hier gehts zu Fuß weiter." Er öffnete die Tür und Schnee wehte ins Auto. Rasch stiegen die Männer aus. Das Wetter war so schlecht, dass sie statt GPS und einer Satellitenaufnahme auf altbewährte Mittel zurückgegriffen hatten. Jo warf einen Blick auf Karte und Kompass und wies dann nach links. „Hier entlang!"

Phil hörte ein heftiges Rauschen, gefolgt von einem unnatürlich lauten Krachen. Erschrocken sah Eve ihn an. „War das die Drohne? Glaubst du, sie haben uns doch gefunden?"

Sachte rückte er von Eve ab. „Nicht bei dem Wetter. Bleib hier, ich sehe nach."

Er lud seine Pistole durch und behielt sie in der Hand. Leise schlich er aus ihrer geschützten Ecke zurück in das offene Gemäuer. Das Dach des alten Hauses fehlte an dieser Stelle, und der eisige Wind traf ihn mit voller Wucht. Doch darauf konnte er keine Rücksicht nehmen. Schemenhaft sah er den Eingang vor sich. Er spähte hinaus, konnte die Quelle des lauten Geräuschs jedoch nicht ausmachen. Sein Instinkt aber sagte ihm, dass dort draußen etwas war. Leise ging er zurück und bezog an einem seitlich gelegenen Mauerstück Position. Der Schnee bedeckte bereits seine Fußspuren, sodass nicht zu erkennen sein würde, dass er sich hier versteckte. Seine Hand umklammerte die Pistole. Angespannt horchte er auf jeden noch so kleinen Laut. Doch nichts passierte. Er begann heftig zu zittern und der eisige Wind ließ die Kopfschmerzen fast unerträglich werden. Sein Gefühl, dass dort draußen etwas oder jemand war, wurde stärker.

Plötzlich tauchte eine konturlose Gestalt seitlich des Eingangs auf. Angespannt presste Phil die Zähne aufeinander und versuchte, das Zittern für den Moment eines sicheren Schusses zu unterdrücken. In der Sekunde, als er die Waffe anhob, ertönte ein scharfer Pfiff. Laut rief jemand seinen Namen. Es war Alec. Phil war so erleichtert, dass er keinen Laut hervorbrachte. Er senkte die Waffe. Mit einer Hand an der Wand abgestützt, trat er aus der Deckung hervor. Noch ehe er Alec erreichte, stürzte sich Tom auf ihn. „Bist du wahnsinnig, bei diesem Wetter ohne Jacke hier herumzurennen?" Er riss sich die eigene Jacke herunter und hüllte Phil darin ein. „Und jetzt sehe ich mir sofort deinen Kopf an, Phil, das sieht nicht gut aus!"

Phil schob ihn zur Seite und machte einen Schritt auf Alec zu. „Wird ja auch Zeit. Habt ihr noch Urlaub in Griechenland gemacht, oder was?"

Alec schüttelte grinsend den Kopf und zog Phil in eine Umarmung. „Du mich auch, du Idiot!"

Phil spürte, dass Tom ihm von hinten zusätzlich eine Rettungsdecke umlegte. Dankbar hielt er sie mit beiden Händen fest. „Eve und Amir sind da drin. Den solltest du dir dringender vornehmen, Tom. Glatter Durchschuss in der Taille, er hat ne Menge Blut verloren." Tom sprintete in die angegebene Richtung, während Phil mit Alec, Jo und David folgte.

Anderthalb Stunden später waren alle in der Bibliothek des Schlosses zusammengekommen. Per Funk hatten sie die zweite Suchmannschaft erreicht und sich dann so schnell wie möglich auf den Weg ins Warme gemacht. Vor wenigen Minuten erst war Amir von einem Rettungswagen abgeholt worden. Das Krankenhaus in Inverness war informiert und würde sich um ihn kümmern.

Phil hatte sich erfolgreich dagegen gewehrt, ebenfalls ins Krankenhaus verfrachtet zu werden. Nach einer knappen, aber heftigen Diskussion hatte Tom nachgegeben und ihn nach einer gründlichen Untersuchung in Ruhe gelassen. Vorerst.

Mit einem Becher heißem Kaffee in der Hand saß er auf der Sofakante. Eve hockte neben ihm und lauschte mit großen Augen den lebhaften Gesprächen. Kurz und präzise hatten die Männer einander auf den neuesten Stand gebracht und Eve konnte bei so viel Effizienz nur staunen. Alle waren unverletzt geblieben, nur der Butler hatte mit zwei schweren Schusswunden einen längeren

Krankenhausaufenthalt vor sich, während Lord Carley und die restlichen Gäste sich bereits in Gewahrsam der Metropolitan Police befanden. Auch der Gärtner war festgenommen worden, er war neben dem Butler, der zweite Schütze im Wald gewesen.

„Es hört sich an, als hättet ihr tagelange Arbeit hinter euch, dabei ist das alles in ein paar Stunden passiert."

Phil grinste. „Also dass ich in den letzten Tagen eine Menge Arbeit hatte, weiß ich, aber was die Jungs getan haben – keine Ahnung. Soweit ich weiß, nur eine kleine Flugreise."

Eve musste laut lachen, als Alec ihm einen angedeuteten Stoß in die Rippen gab. Einem ordentlichen Schlag entging er wohl nur, weil er verletzt war. Die Kommentare und Blicke der anderen Männer sprachen Bände.

„Was passiert denn nun mit Amir?" Eve blickte fragend in die Runde.

Alec hockte sich neben die beiden. „Erst einmal bleibt er im Krankenhaus, aber wie Phil schon sagte, er hat Glück gehabt. Er hat es gut gemeint, mit seinem Übereifer aber alle in Gefahr gebracht."

Alec konnte ein Gähnen nicht länger unterdrücken. „Entschuldige, es war ein langer Tag." Er räusperte sich und sprach dann weiter: „Für heute ist erst einmal alles gelaufen, aber dann wird der Geheimdienst entscheiden, was mit Amir geschieht." Er wechselte einen Blick mit Phil und nickte. „Wir werden allerdings auch noch das eine oder andere Wort mitzureden haben. Amirs Informationen waren immens wichtig für unseren Einsatz.

Ohne sie hätten wir das alles nicht so schnell beenden
können. Wir werden sehen, wie es sich entwickelt."

Phil legte den Arm um Eve. Jetzt, wo alles vorbei
war, spürte er, wie sich die Erschöpfung in ihm breitmachte. Fred war vorhin vorbeigekommen und hatte
sich mit einigen knappen Worten bei ihm und den anderen bedankt. Doch Phil wusste, dass Fred und er sich
in Ruhe aussprechen würden, wenn alles vorbei war. Er
rieb sich müde über die Augen. „Vielleicht sollten wir
Schluss machen. Unsere Urlauber sehen aus, als könnten sie eine Runde Schlaf gebrauchen."

Jo, der seitlich des Sofas auf ein paar Kissen lag, stieß
ihn mit dem Fuß an.

„Spar dir deine Sprüche, du siehst nicht besser aus,
ganz im Gegenteil. Aber eine vernünftige Runde Schlaf
wäre jetzt wirklich nicht schlecht."

Phil warf einen Blick auf die Uhr und sah Eve danach
fragend an. „Wenn es für dich in Ordnung ist, bleiben
wir bis morgen im Schloss. Der Sturm soll die ganze
Nacht anhalten und so hätten wir die Gelegenheit, noch
einmal ausführlicher nach Unterlagen zu suchen."

„Natürlich könnt ihr bleiben, das ist doch selbstverständlich. Ich bin nur nicht sicher, ob ich auf die Schnelle so viel frische Bettwäsche habe, schließlich waren die
Zimmer alle benutzt ..." Eve unterbrach sich, als Phil anfing zu lachen. Auch Alec konnte ein Schmunzeln nur
halbherzig unterdrücken.

„Keine Sorge, wir haben unsere Ausrüstung dabei,
und für Phil wird sich ein Plätzchen finden."

Vier Monate später

Eve schloss die Eingangstür des Schlosses ab und warf einen Blick zurück.

„Ich bin sicher, es ist richtig, was du tust." Phil legte ihr den Arm um die Schultern und Eve lächelte ihn an.

„Ich denke auch, dass der National Trust mit dem Schloss weit mehr anfangen kann. Und ich kann und will nach allem, was passiert ist, nicht hier wohnen."

Sie drehte sich zu ihm um. „Außerdem denke ich, dass wir uns unser Leben von nun an gemeinsam einrichten und nicht diese ganzen Altlasten mit uns herumschleppen sollten. Wie hast du so schön gesagt? Manchmal ist es Zeit für eine neue Inneneinrichtung!" Sie wirbelte um die eigene Achse. „Ich bin gespannt, welchen Geschmack du bei Möbeln hast, eure Wohnung ist ja nun wirklich kein Maßstab."

„Ach ... ich darf mitreden? Ich dachte, Deko und Haus einrichten fallen grundsätzlich in deinen Bereich?"

Sie boxte ihm gegen die Schulter. „Das ist sexistisch, du Blödmann!"

„Hey, was ist an deinem Beruf sexistisch?"

Eve sah betreten auf ihre Schuhe. „Ach so, ich dachte, jetzt kommt eine Nummer von wegen ich Heim und Herd, du Jäger und Sammler. Irgendwie muss ich mich daran gewöhnen, dass ich wieder anfange, zu arbeiten."

Phil legte kopfschüttelnd den Arm um sie und zog sie an sich. „Nur weil dein Schwiegervater nicht wollte, dass du deinen Beruf ausübst. Nicht alle Männer sind so rückständig, und ich würde nie von dir erwarten, dass du dich mit gefalteten Händen zu Hause hinsetzt und wartest, bis ich wiederkomme. Du kannst und sollst unbedingt tun, was du möchtest und was dich glücklich macht." Er legte ihr eine Hand an die Wange. „Als du Alec und Lynn mit ihrem Cottage beraten hast, war für jeden offensichtlich, wie sehr du deinen Job liebst."

Eve strahlte ihn an. „Was glaubst du, was ich erst aus unserem Haus machen werde? Du wirst staunen, wenn ich fertig bin."

Mit einem allerletzten Blick auf Schloss Carley stieg sie in den Wagen. Phil warf ihr einen unauffälligen Blick zu, doch Eve wirkte entspannt. Die ersten Wochen nach der Festnahme von Lord Carley und seinen Kumpanen waren sie kaum zur Ruhe gekommen. Der Geheimdienst hatte Eve immer wieder zu Befragungen einbestellt, und auch ihr eigenes Team hatte kurzfristig an einer koordinierten Reihe von parallel stattfindenden Zugriffen teilgenommen. Die Ära des Lords war vorbei und sein Waffenschmuggel-Imperium endgültig zerschlagen. Erst nach und nach war Ruhe eingekehrt und Phil und Eve hatten sich Zeit für sich nehmen können.

Alec und Lynn hatten sich zum Kauf des Cottage entschieden. Eve hatte sich gemeinsam mit Lynn das Haus angesehen und war begeistert von der Gegend wiedergekommen. Phil musste ein Schmunzeln unterdrücken. Mit Eve an seiner Seite war die ländliche Lage, in der immer noch das zweistöckige Landhaus zum Verkauf gestanden hatte, mit einem Mal durchaus reizvoll gewesen. Der Zustand des Hauses war nicht der beste, sodass sie einen guten Preis herausgehandelt und zugeschlagen hatten. Solange Cottage und Haus noch renoviert wurden, teilten sie sich das kleine Appartement nahe der Base, und so langsam aber sicher konnte Phil es nicht erwarten, aus der Enge herauszukommen. Wobei Alec und Lynn schon öfter im Cottage übernachteten, schob er in Gedanken nach. Er streckte Eve die linke Hand entgegen, während er einhändig steuernd die lange Auffahrt des Schlosses hinabfuhr.

„Was hältst du davon, wenn wir im Haus übernachten? Wir besorgen uns auf dem Weg etwas Leckeres zu essen und zu trinken. Ein paar Decken und zwei Schlafsäcke hab ich im Auto und wir könnten ein schönes Feuer im Kamin anmachen."

„Unsere erste Nacht im neuen Zuhause?"

Sie schmiegte sich an ihn. „Ich kann mir nichts Schöneres vorstellen!"

ENDE

Danksagung

Zuerst ein riesiges Danke an euch, die ihr mein Buch kauft und lest. Ich hoffe, ihr habt die Zeit mit den Jungs auch dieses Mal so richtig genießen können.
In diesem Buch ging es nach Schottland und ans Kaspische Meer - wer noch nicht genug bekommen kann, dem verrate ich schon jetzt, dass es dieses Jahr noch mit dem dritten Buch weitergeht. Und was die Jungs sich da im Moment leisten – dagegen war dieses Buch hier ein Kinderspiel!
Ich wünsche euch spannende Lesestunden und freue mich auf den Austausch auf Instagram und die großen und kleinen Nachrichten per Mail.

Ein großer Dank geht natürlich auch an meine Familie, allen voran an meinen Mann, der erneut mit viel Verständnis und Geduld darauf reagiert hat, dass ich in meine Welt abtauche, Fragen mit ihm diskutieren will und vor Ideen nur so sprühe. Du warst und bist immer für mich da und mein Fels in der Brandung.

Danke an meine wunderbare Lektorin Anke Kott, dass du dich nicht aus der Ruhe bringen lässt und es immer wieder mit viel Geduld, Motivation und Humor schaffst, meine Gedanken zu sortieren und *zu Buche* zu bringen. Ohne dich hätte ich das nicht geschafft.

Danke an Marie und das Team von Wolkenart Design für dieses unglaubliche Cover. Ihr fühlt regelrecht, was mir vorschwebt, es ist wieder genial geworden.

Vielen Dank auch an meine Korrektorin Hannah Schink, die erneut mit ihrer Leidenschaft für Fehler meinem Buch den letzten Schliff gegeben hat.

Hinweis

Nora Phillips

c/o WirFinden.Es

Naß und Hellie Gbr

Kirchgasse 19

65817 Eppstein

www.noraphillips.de

mail@noraphillips.de

Über die Autorin

Nora Phillips lebt gemeinsam mit ihrer Familie in Süddeutschland. Freie Zeit verbringt sie am liebsten draußen in der Natur und genießt, dass Berge, Seen und Wald quasi vor der Haustür liegen.

Schon als Kind verbrachte sie ihren Urlaub in England. Die Leidenschaft für Land und Leute hat sich dann schnell auf Irland, Wales und Schottland ausgedehnt.

Bücher der SPOT - Reihe:

Vertrauter Gegner

Spiel des Terrors